摳學・爽意・驅力

漢語當代詩論七章

楊小濱　著

目次

第一章

歡樂、遊戲與諧趣

管管的頑童詩學

在台灣現代詩的脈絡裡，管管即使不能算是一個異數，也無疑是一位獨樹一幟的開拓性詩人。從一九五〇年代末起，管管的寫作就處在某種「前沿」的狀態，動用了東西方文學藝術中眾多資源，以激進的探索精神將漢語詩推向一種兼有狂歡與童趣的鮮明風格。在《創世紀》的詩人群體（特別是瘂弦、商禽、洛夫等）所匯聚而成的超現實主義潮流中，管管以其最具詼諧感和戲謔感的傾向，突出地實踐了日後漸成顯學的後現代寫作。從這個角度而言，管管在寫作上的突破性或超前性使得他在文學史上的意義、成就和地位長期以來處於被低估的狀態。所以，儘管對管管詩的評論和研究不算太少，但如何發掘管管作品中更為豐富的文學和美學價值，仍然是可以繼續推進的任務。

超現實的狂歡及其社會指向

在研討班第五期《無意識的各種形態》上，拉岡沿著弗洛伊德在《詼諧及其與無意識的關係》中的論述，著重討論了笑、笑話和玩笑的話題：「弗洛伊德說，在笑話中讓我們開心的——而這正與我之前稱為著迷或換喻魅惑的具有同樣功能——是我們感覺到說笑話者禁制的缺失。」[1]「禁制的缺失」意味著大他者能指權威的下野，也就是說，符號秩序呈現出紊亂的面貌，致使能指元素本來可能具有的崇高或神聖特性發生變異，沉溺於怪誕、卑俗或嬉鬧。正如巴赫金在談論拉伯雷小說中狂歡（carnivalesque）美學的時候所說的：「幾乎所有的愚人筵席儀式都是各類教會儀式和象徵的怪誕降格，和向物質肉體層面的轉化：聖壇上的狂啖和狂飲，不體面的姿態，脫去了神聖的外衣。」[2] 巴赫金的狂歡理論聚焦在敘事小說的體裁，管管的詩歌寫作無疑跨越了抒情詩的邊界，納入了「非詩」的表現方式。文學中的狂歡性本身就充滿著喜劇甚至鬧劇的色彩，而管管的不少詩作典型地體現出不羈的狂歡場景。比如這首〈饕餮王子〉：

吾們切著吃冰彩虹　把它貼在胃壁上　請蛔蟲看畫展　把吃剩的放在胭脂盒裡
粉刷那些臉　再斬一塊太陽剮一塊夜　吃黑太陽　讓他在肚子裡防空　私婚　生一
群小小黑太陽　生一群小豬　再把月和海剁一剁　吃鹹月亮　請蛔蟲們墊著鹹月光
作愛　吹口哨　看肉之洗禮　把野獸和人削下來　咀嚼咀嚼　妻說　應該送一塊給

1 Jacques Lacan, *Formations of the Unconscious: The Seminar of Jacques Lacan, Book V*（Cambridge: Polity, 2017）, p. 114.

2 Mikhail Bakhtin, *Rabelais and His World* (Bloomington: Indiana University Press, 1984), pp. 74-75.

聖人嚐嚐[3]

斯洛文尼亞的拉岡學派精神分析學理論家阿蓮卡・祖潘契奇（Alenka Zupančič）在闡述拉岡喜劇觀時言簡意賅地指出：「喜劇總是主人能指的喜劇。」[4] 在上段文字中，不僅有「彩虹」、「太陽」、「月亮」，而「聖人」更是典型的「主人能指」（master signifier）。但「彩虹」成了「冰彩虹」，「月亮」成了「鹹月亮」，而「太陽」成了「黑太陽」（可以像小豬一樣生出「一群」來，也可「斬」了入口）：「吃冰彩虹　把它貼在胃壁上　請蛔蟲看畫展」、「斬一塊太陽剮一塊夜　吃黑太陽」、「私婚　生一群小小黑太陽　生一群小豬」、「吃鹹月亮　請蛔蟲們墊著鹹月光作愛」這樣的場面令人想起波希（Hieronymus Bosch）的那些怪異的繪畫，詩中各類神聖形象或符號不但成了盛宴上「饕餮」享用的佳餚，而且拼合成了一幅奇詭的畫面。「聖人」代表了一種可能是餐風飲露的符號性牌位（當然是威權的大他者），而「送一塊給聖人嚐嚐」則更明確地將卑下的肉體行為與神聖他者連接在一起，體現出巴赫金理論中的「怪誕現實主義」。對巴赫金而言，「怪誕現實主義」最重要的特徵之一便是「降格」，即原先設定為崇高與神聖的符號被置於卑下或低俗的肉體層面。

在論述主體對想像性自我整體的碎裂威脅時，拉岡提到了波希繪畫中的「碎片化的身體」，即人體器官的奇特形象：「當精神分析活動碰到個體身上某個層面的富有攻擊性的斷裂時，這種碎片化的身體總是呈現為斷裂的肢體形式，或者是外觀形態學中所表現的器官形式。它長著翅膀，全副武裝，抗拒內心的困擾——這同富於幻想的耶羅尼米斯・波希在繪畫中永遠確定的形象是一樣的。」[5] 管管〈饕餮王子〉中擬人化的太陽、月亮等意象，也遭遇了「斬一塊太陽剮一塊夜」、「把月和海剁一剁」、「把野獸和人削下來　咀嚼咀嚼」這樣破碎的命運，對應了主體在前符號化階段的歡樂與恐懼。

在討論拉伯雷小說的時候，巴赫金認為「拉伯雷肯定了人類生活中吃喝的重要性，努力從意識形態上為之正名……並豎立起一種吃喝的文化。」[6] 與性愛相似，吃喝體現了世俗生活在本能或肉體層面上的意義，也是對所謂的社會規範、禮節的衝擊：「幾乎所有的宴飲禮儀都是教會禮儀與象徵的怪異降格，以及將它們向物質身體層面的轉化：暴食與酣醉的狂歡在祭壇

---

3 管管，《管管詩選》（台北：洪範，一九八六），頁二六。

4 Alenka Zupančič, *The Odd One In: On Comedy* (Cambridge MA: MIT Press, 2008), p. 177.

5 Jacques Lacan, *Écrits: The First Complete Edition in English*, trans. Bruce Fink (New York: W.W. Norton and Company, 2006), p. 78.

6 M. M. Bakhtin, *The Dialogic Imagination* (Austin: University of Texas Press, 1981), p. 185.

上，不雅的姿態，脫冕。」[7] 巴赫金還在拉伯雷有關吃喝的文字裡發現了對變形或怪誕肉體的誇張描繪，發揚了民間諧謔文化對官方嚴肅文化的消解力量。在這樣的路徑上，管管的詩，比如這首〈老鼠表弟〉，將肉體的舞蹈、暴食、疾病……等生活場景以變形與狂歡的形態鋪展出來：

> 一群黑人自鼓裏舞出。踐踏你的腦袋。自二樓。自這扇被小喇叭吹碎的彩玻璃窗。舞出。這種推磨的臀。這種純流質的歌。這種月經的唇。溢在你張大牙齒的眼上。你的眼死咬住癌症花柳病。以及在高壓線之上。警報器之下。這種被起重機吊起的大乳。這種繫以緞帶的什麼什麼彈。[8]

這不僅構成一幅具有拼貼風格的，狂野的超現實主義畫面，甚至從句法、結構和節奏上來看，管管也在很大程度上打破了正常的、邏輯的、規範的樣式。一方面，「月經的唇」、「張大牙齒的眼」、「起重機吊起的大乳」等鋪展出駭人的夢境般意象，另一方面，不完整的、零碎的詞句在句號的切割下急速變幻拼接，在一定程度上實踐了布列東（André Breton）倡導的以「自動寫作」為法則的超現實主義詩學。作為創世紀詩群的一員，管管詩中的超現實主義風格十分顯見。[9] 這一類變形與破碎的視覺形象也與受到了波希深刻影響的達利（Salvador Dalí）

的超現實主義繪畫（比如《內戰的預兆》）有相當緊密的親和關係。儘管達利繪畫中的悲劇意味讓位給了管管的狂歡怪誕風格，但超現實主義對於夢境般場景的營造，依舊在管管的詩中獲得了充分的展開。二十世紀歐洲的超現實主義運動當然受到了弗洛伊德精神分析學說的推動，也可以說，是致力於挖掘無意識深處的扭曲或破碎形象。不過，拉岡多次引述佛洛伊德的觀點，「夢是一種字謎」[10]，或者說，是由能指組成的，必須從字面上去解讀。那麼，我們就更有理由可以將詩的文字看作是無意識的能指所體現的修辭結果。無論是巴赫金的狂歡理論，還是超現實主義的美學，都凸顯了對崇高化、神聖化社會規範的叛逆姿態。這也正是管管詩歌狂歡化風格的關鍵指向。

---

7 Mikhail Bakhtin, *Rabelais and His World*, pp. 74-75.

8 管管，《管管詩選》，頁二四。

9 創世紀詩社與超現實主義的關係已有眾多批評家與文學史家曾經進行過廣泛論述。如向陽就指出：「進入六〇年代之後，創世紀詩社以更徹底的、全面西化的超現實主義取代了『現代派』的詩壇位置，擔當了臺灣詩壇最前衛的角色。」（向陽，〈喧嘩與靜寂：臺灣現代詩社詩刊起落小誌〉，見向陽，《浮世星空新故鄉：臺灣文學傳播議題析論》〔台北：三民，二〇〇四〕，頁一四四。）

10 Jacques Lacan, *Écrits: The First Complete Edition in English*, pp. 394, 424.

換喻修辭下的喜感與荒誕

在雅各布森（Roman Jakobson）的啟發下，拉岡把修辭中「換喻」（metonymy）與夢境運作（Traumarbeit）中「置換」（displacement）的功能連結到一起。而「換喻」，恰恰也是拉岡所說的笑話中至為關鍵的機制。拉岡稱之為「換喻魅惑」（metonymic captivation，見前文），以此說明換喻與笑話之間的內在勾連，或者說，換喻作為笑話的基本形式要素。在拉岡早期的重要論述〈無意識中文字的籲求或弗洛伊德以來的理性〉中，他為換喻的結構繪製了一個公式：$f(S...S')S \cong S(—)s$。這裡的意思是：括號裡能指與能指與能指與能指……之間的無限連結，作為意指關係的功能（f=function），可以看作是所指從能指那裡的逃逸（而形成了欲望空缺）。管管的狂歡式詩歌語言展現出能指他者的內在匱乏和可變，這也是為什麼拉岡會提到「換喻」，一種充分體現語言跳躍性的形態。作為大他者的語言一方面是主體依賴的對象，另一方面又同時被揭示出內在的不確定與不穩定。這樣的換喻效應在管管的詩裡顯得尤其突出，因而更增強了喜感的效果。比如在上文所引的〈饕餮王子〉中，從「吃冰」迅速連接到「彩虹」，再連接到「貼在胃壁上」、「請蛔蟲」、「看畫展」……，可以說充分體現了能指尚未獲得確定所指便跳躍到下一個能指的過程，從而形成了由意義陷落造成的欲望空缺。前後能指之間鬆散的連接顯示出能指的不穩定，或者說，正是能指自身的不斷漂浮，使得所指處於無限滑動的狀態而無法止息或扣合。管管詩中的喜感很大程度上來自於所指從能指那裡的發生逃逸的結果。當能指的跳躍導致了所指與能指之間的錯位，所謂「禁制的缺失」就意味著符號秩序曝露了內在的裂隙，展示出能指自身（特別是主人能指）的無能或甚至荒謬。主人能指的失敗，表明了符號秩序（在這裡主要是語言體系）的不可能——借用阿岡本所言：「在語言中，出示出一種交流的不可能性，並以此出示其可笑——這就是喜劇的本質。」[11]

對於一位高度自覺於漢語語言性的詩人而言，如何突破語言的桎梏，將語言的潛能發揮到極致，並且深入到對語言自身的辯證性甚至否定性反思，似乎始終是一個重要的使命。按洛夫的說法，管管詩中充滿了「非邏輯性的組合而能在其間產生一種新的美學關係」[12]。管管在不少詩裡實踐了一種能指不斷（甚至無限）跳躍以致所指也隨之不斷滑動的言說形態。最典型的要算〈春天像你你像煙煙像吾吾像春天〉這首：

11 Giorgio Agamben, *Pulcinella: Or, Entertainment for Kids in Four Scenes* (London: Seagull, 2018), p. 17.
12 洛夫，〈管管詩集『荒蕪之臉』序〉，見管管，《荒蕪之臉》（台中：普天，一九七二），頁六。

春天像你你像梨花梨花像杏花杏花像桃花桃花像你的臉臉像胭脂胭脂像大地大地
像天空天空像你的眼睛眼睛像河河像你的歌歌像楊柳楊柳像你的手手像風風像雲雲
像你的髮髮像飛花飛花像燕子燕子像你你像雲雀雲雀像風箏風箏像你你像霧霧像煙
煙像吾吾像你你像春天[13]

在這裡，「春天」、「你」、「梨花」、「杏花」等所有的意象……被「像」這個動詞串聯到一起，有如不同的元素組成了一首春天交響曲，但並不是共時性的意象並置或堆積，而是歷時性的影像變幻與流轉。在一種循環式的結構中，能指與能指貌似鎖鏈般環環相扣；而實際上，在能指變化無端的過程中，所指卻變得無所依傍。就春天而言，不再有確定的神聖或權威的喻詞（比如某一種花或其他自然意象）可以成為一統天下的象徵。似乎各種花名、自然景物都可以隨意或隨機換取，以成為這個能指鏈的一部分。「春天」也未必是終極的所指，或者說，任何所指也逃不過成為另一個能指，為了下一個同樣轉瞬即逝的所指而奉獻犧牲。這一輪能指運動的終點看似回到了起點，但由於經歷了能指漂浮流轉的漫長過程，固定嚴格的意指結構已經讓位給了自由開放式意指關係的無限可能。並且，本詩的最後，「春天」的符碼經由更加迷亂的能指串聯將歷史上的梟雄和小說中的弱女子拼貼在一起（不僅造成巨大的反差，也通過「林黛玉秦始皇」對「成吉思汗楚霸王」的隨意替換形成意指鏈的鬆動），再以白居易略帶禪意的詩句作結：

春天像秦瓊宋江成吉思汗楚霸王
秦瓊宋江林黛玉秦始皇像
「花非花
霧非霧」[14]

已有學者如蕭蕭指出了這首詩「全盤肯定之後突然從本質上完全否定」的特徵，以及「全滿（色）因為『棒喝』而全無（空）的空間設計」[15]。花和霧的自我否定一定程度上體現出佛教的色空觀，也令人想起阿多諾有關「概念中之非概念性」[16]的否定辯證法。對阿多諾而言，

13 管管，《管管詩選》，頁七九。
14 同上。
15 蕭蕭，〈後現代社會裡「玄思異想」的空間詩學——以管管詩中「臉」與「梨花」的措置／錯置為主例〉，見蕭蕭、方明主編，《現代詩壇的孫行者：管管作品學術研討會論文集》（台北：萬卷樓，二〇〇九），頁一四〇、一四二。
16 Theodor W. Adorno, *Negative Dialectics* trans. E. B. Ashton (London: Routledge, 1973), p. 12.

任何給定的概念都包含了——內在於自身的——對自身的否定。這裡，我們可以進一步看到能指之間的遊移不僅是一種鏈接（本詩的第一段），也意味著一種脫落（本詩的結尾）——因而才形成了欲望的罅隙。那麼，「花非花／霧非霧」的格言式結語似乎總括了對語言符號自我否定性的終極認知，而這，又是基於對上文中能指的無限延伸轉換的一次變奏或逆反。

以〈春天像你你像煙煙像吾吾像春天〉這首詩為代表的基本句式時常接近傳統的頂針修辭，不過在管管的詩裡，這種頂針式的接續往往連綴得更為密集、緊湊。〈繾綣經〉這首詩就是一例：

七月七日長生殿
高高的草下有低低的蟲
低低的蟲上有高高的樹
高高的樹下有低低的草
低低的草上有高高的鳥
高高的鳥下有低低的樹
低低的樹上有高高的風

高高的風下有低低的鳥
低低的鳥上有高高的雲
高高的雲下有低低的風
低低的風上有高高的天
高高的天下有低低的雲
低低的雲上有高高的星
高高的星下有低低的天
低低的天上有高高的手
高高的手下有低低的星
低低的星上有高高的蟲[17]
……

除了從白居易〈長恨歌〉摘取的原詩文字之外，管管通過「高高的」和「低低的」（下文中還有「濃濃的」和「淡淡的」、「遠遠的」和「近近的」）反覆交錯，加上「蟲」、「樹」、「草」、

17 管管，《管管詩選》，頁五九—六〇。

「鳥」、「風」、「雲」、「天」、「星」……的穿插和替代，編織出一幅不斷纏綿悱惻心靈交融的情愛璇璣圖。詩題稱之為「經」，卻並無嚴肅高深的經文；與「經」的概念產生巨大錯迕的是，本詩的內容更像一曲詞文通俗的歌謠，一首意念揮之不去的愛情迴旋曲，消解了「經」的殿堂式崇高。但它在節奏和意念上又有念經般的那種執著，那種虔誠，彷彿情感上的癡迷才是真正的信仰。表面上看，全詩充滿了各種重複的語詞。不過，正如紀傑克在闡述德勒茲「重複」（repetition）概念時所言：「德勒茲重複概念的核心在於這樣的觀念，與線性因果的機械（不是機器！）重複相反，在重複的恰當時機，重複的事件獲得了重新創造：它每次都（重新）現身為新的」[18]。這種「新」包含了情感強度的不斷遞增，營造了對「繾綣」意蘊漸次堆疊的推進效果。由此可見，這裡的重複並不意味著機械式循環往復以至無窮的驅力運動，而更接近於德勒茲所說的「欲望機器」。既然與欲望相關，這樣的重複便體現為一種具有生成（becoming）特性的情動力。基於此，紀傑克還認為德勒茲所強調的不是「隱喻」（metaphor）的關係，而是「變形」（metamorphosis）的關係[19]。可以看出，這種與「隱喻」相對的「變形」，也恰好體現出「換喻」的形態。

這樣的迴旋式結構在管管的詩作中頻繁出現。另一個例子是〈臉〉。比較特別的是，從結構上這首詩的迴旋進行了兩次，也就是，詩中「春光燦爛的小刀」經由頂針式的能指遞進而歸來之後又再度出發，直到將近末尾處抵達返回的高潮：

愛戀中的伊是一柄春光燦爛的小刀
一柄春光燦爛的小刀割著吾的肌膚
被割之樹的肌膚誕生著一簇簇嬰芽
伊那嬰芽的手指是一柄柄春光燦爛的小刀
一葉葉春光燦爛的小刀上開著花
一滴滴紅花中結著一張張青果
一張張痛苦的果子是吾一枚枚的臉
吾那一枚枚的臉被伊那一柄柄春光燦爛的小刀
割著！
割著！[20]

---

18 Slavoj Žižek, *Organs without Bodies: On Deleuze and Consequences* (New York: Routledge, 2004), p. 15.

19 同上，p. 16.

20 管管，《管管詩選》，頁一〇六。

必須指出的是，這首詩中的換喻式的能指漂移顯然展開了更具張力的欲望空間。將「愛戀中的伊」比作「一柄春光燦爛的小刀」具有非同一般的震驚效果，將作為他者（她者）的符號與無法遏制創傷性絕爽的符號能指之間所產生的衝突推向了前台。「割著……肌膚」的「小刀」當然指明了愛戀所蘊含的痛感（連「一柄」也暗示了握刀的姿態從而使得整個場景更具視覺效果），而「春光燦爛」則不僅展示出亮晃晃的刀影，也建構了內心的刺痛與春光所帶來的暢快之間的密切連接。換句話說，詩中頂針式的詞語勾連還引向了痛感與快感的互相勾連，更突出了欲望與絕爽的辯證關係。

特別是最後「吾那一枚枚的臉被伊那一柄柄春光燦爛的小刀／割著！／割著！」不得不令人聯想起最早的超現實主義電影——西班牙導演布紐艾爾（Luis Buñuel）的《安達魯之犬》裡用剃刀割裂眼球的駭人場景。值得注意的是，《安達魯之犬》裡這個剃刀割開眼珠的鏡頭也是經由對前一個雲片掠過月亮的鏡頭的夢境般置換達成的，這種橫向的替換式連接恰好體現出換喻的形態。

在管管的作品中，〈荷〉這首詩雖然短小，或許是將置換的詩學發揮得最為複雜的一首：

「那裡曾經是一湖一湖的泥土」
「你是指這一地一地的荷花」
「現在又是一間一間沼澤了」
「你是指這一池一池的樓房」
「是一池一池的樓房嗎」
「非也，卻是一屋一屋的荷花了」[21]

這首並沒有明顯的頂針手法，但接續的詩行通過量詞的錯用，一方面呼應到前一行將被覆蓋的能指，另一方面又與新生的能指產生了可疑甚至衝突的關係——特別是「一地一地的荷花」、「一間一間沼澤」、「一池一池的樓房」，凸顯了人工建築與自然意象之間被強行耦合的現實；但量詞與名詞之間的相互扺牾和糾纏使得這種錯位所引發的荒誕感在語法的層面上就令人暈眩。當然，在換行的過程中，一系列具有連接、轉折或伏筆作用的詞語——包括「曾經是」、「你是指」、「現在又」、「是……嗎」、「非也，卻是」——起著具有建構功能的作用，但大多明顯地暗示了方向性的轉換，使得下一行對上一行的承接體現出否定性的意味。因此，這

21 管管，《管管詩選》，頁一〇八。

一連串的否定經由持續的置換造成了極度蜿蜒的能指路徑，從而促成了語義層面上對景物滄桑的嶄新表達。

狂放、自嘲與主體困乏

在〈俺就是俺〉這首詩裡，管管用文字構築了一幅自畫像，把自己描繪成了一個熱愛文藝但隨性不羈的山野粗人。在中國詩歌史上，從杜甫、白居易到蘇軾、辛棄疾，都有不少自嘲的篇章，營建了程度不同的戲謔化抒情主體。管管的這首詩推進了這個傳統，勾勒出一個一半是狂放（亦是狂歡），一半是自嘲的自我形象：

俺就是俺
俺就是這個熊樣子
管你個屁事
俺想怎樣
俺就怎樣

俺要愛你
俺就大膽的來愛你
俺要恨你
俺就大膽的來揍你
哪怕你把俺揍個半死
俺要吃便痛痛快快的吃
俺就是這個熊樣子
管你個屁事
俺喜歡走著路唱大戲
俺喜歡在山頂上拉野屎
俺喜歡赤身露體
俺喜歡做愛
俺喜歡寫詩俺喜歡米羅、克利、石濤、八大、徐文長、齊白石
俺喜歡丁雄泉畫的女人
俺喜歡丁衍庸畫的寫意
俺喜歡土裡土氣鄉裡鄉氣的人和東西

俺就是這個臭樣子
管你個屁事
俺喜歡鄭板橋、金聖歎、蘇軾
還有他娘的超現實
俺喜歡那些青銅、那些古畫，那些漢唐以前的玩藝
但是這一些東西總比不上山坡上那棵桃樹那麼滋實
俺喜歡鬼
俺喜歡怪
俺喜歡那些稀奇古怪的東西
俺就是這個鬼樣子
管你個屁事
能愛就愛總不是壞事
俺愛罵人
經常說他媽的
當然你也可以罵他奶奶的

俺就是俺
俺就是這個熊樣子
管你個屁事[22]

管管明言〈俺就是俺〉這首詩戲仿了法國詩人普列維爾（Jacques Prevert）的詩〈我是我〉。普列維爾詩中的「我」雖然也有某種任性的姿態，但基本上採取了溫柔敦厚的取向，用詞也樸實雅正——其中出現較多的詞語，除了「我」，就是「愛」和「愉快」。相比之下，管管從標題裡的方言詞語「俺」開始，就演示出一個更加無禮、粗鄙、不馴的山野村夫形象（替代了中性的「我」）。首先當然是刻意地用「管你個屁事」、「俺喜歡在山頂上拉野屎」、「俺就是這個臭樣子」這一類被唐捐（劉正忠）稱為「屎尿書寫」[23]的語句，嚴重衝擊了詩學與社會的常規。與此相關的，還有遏制不住的粗話，像是「還有他娘的超現實」、「俺愛罵人／經常說他媽的／當然你也可以罵他奶奶的」。在這首詩靠前的部分，管管先是沿襲了普列維爾的「愛」語，

22 管管，《管管詩選》，頁一八一—一八三。
23 劉正忠，〈違犯・錯置・污染——臺灣當代詩的屎尿書寫〉，《臺大文史哲學報》六九期（二〇〇八年十一月一日），頁一四九。

熱烈訴說著「俺要愛你／俺就大膽的來愛你」，但不久後的下文，這個「愛」就變異成更加生猛的「俺喜歡赤身露體／俺喜歡做愛」了。如果說普利維爾詩中「我」的形象是一個略具個性的普通人，那麼管管詩中「我」的形象狂放到了略帶丑角化的程度：「俺就是這個熊樣子」。這差不多也是精神分析理論所提出的必要姿態。拉岡曾經表示：「甚至作為一個俳優，你的存在才獲得正當性。你只需看看我的《電視》節目。我是個小丑。」[24] 紀傑克在闡述拉岡時也表示：「真相只能以折射或扭曲的形態出現……以愚人（或更確切地說是小丑）的話語形態述說」[25]。

對拉岡而言，一個可以自我認同的完美主體（鏡像狀態下想像的理想自我，ideal ego）是必然被拋棄的虛假幻像，而按照社會權威的要求所塑造的主體（符號域的自我理想，ego-ideal）實際上也依賴於空洞的大他者指令。「主體困乏」（subjective destitution）的概念意味著主體只能占據一個自我劃除的位置，因為他的根本命運在於與真實域（the real）的遭遇（tuché）。在這首詩裡，難以抵擋的便是真實域的持續侵襲——「拉野屎」、「臭樣子」、「說他媽的」、「喜歡赤身露體」……都一再標明了社會化規範的接連失效——當然，主體的困乏與他者的困乏是相應的。詩中多次出現了「管你個屁事」這樣的粗話，但其中憑空而來的「你」究竟指的又是誰呢？我們不難推斷，這個虛擬的「你」便是從不現身但又無所不在的社會大他者，那個暗中掌管或規範著主體性的父法式權威。[26] 主體與他者的關係，在這裡便呈現為一種「互消」（interpassive）的，幾乎是同歸於盡的關係：一個以「野屎」、「臭樣子」為標誌的主體自然應和於一個其實只著眼於「屁事」的他者。那麼，甚至主體與他者之間的差別也十分微小了——要「管」的「屁事」或許也正是「管管」的「屁事」，儘管不值一提，卻是主體與他者二者的共同命運——或者更準確地說，二者的共同困乏——儘管從根本上說，「大他者並不存在」[27]（拉岡的箴言），因為詩中的這個「你」，只不過來自詩人管管假想出來的聲源。這是為什麼這首詩的標題是〈俺就是俺〉：這幾乎是一種拒絕他者的姿態，但通過拒絕，主體確認了他者的（空洞）存在——也就是喪失功能的虛假存在。沈奇在一篇管管的評論裡設問：「誰來管管管管」[28]，這裡前一個「管管」的執行者無疑也是設定為一個大他者，卻是一個在疑問

---

24 Jacques Lacan, "La troisième," *La cause freudienne* 79 (2011), p. 15.

25 Slavoj Žižek, *Organs without Bodies: On Deleuze and Consequences*, p. 63.

26 在一首只有兩行的短詩〈斧斤〉裡，管管明確表達了某種弒父情結：「這是誰來把吾父親的臉砍出這麼深的傷痕／低下頭吾看見吾手上拿著一把鋒利的斧斤」（管管，《世紀詩選》〔台北：爾雅，二〇〇二〕，頁一二一）。

27 Jacques Lacan, *Écrits: The First Complete Edition in English*, p. 700.

28 沈奇，〈管管之風或老頑童與自在者說：管管詩歌藝術散論〉，見蕭蕭、方明主編，《現代詩壇的孫行者：管管作品學術研討會論文集》，頁四〇。

中尋找不到的大他者（「誰」）。這種要為管管的抒情主體尋找一個大他者的願望，注定是無法實現的。沈奇甚至批評管管「奢侈地僅在遊戲中自娛」，流露出「空心喧譁與意義困乏」[29]。這樣的觀點或許代表了某種「正統」的「詩教」傳統對「深沉的社會使命」或至少是「崇高的個人心靈」的崇尚（這在中國大陸的主流詩壇尤其突出），但未能把握到管管超前的詩學風格恰恰是通過對現實或理想的調侃和嬉玩來揭示外在規範作為符號秩序的壓迫，以敞開主體性的匱乏來追求精神自由的。管管的詩風汪洋恣肆，放浪不拘，也可以說承繼了古典詩的豪放傳統。

和〈俺就是俺〉類似的自嘲之作還有〈邋遢自述〉。用「邋遢」來作主體形象塑造的關鍵詞，同樣是一種丑角化的展示[30]：

小班一年中班一年大班一年
國中三年高中三年大學四年碩士二年博士三年
還好，俺統統都沒唸完。
五次戀愛，二個情人，一個妻子，三個兒女
幾隻仇人，二三知己，數家親戚。當兵幾年，吃糧幾年，就是沒有作戰。

在人生的戰場上，曾經小勝數次，免戰牌也掛了若干
一領長衫，幾件西服，還有幾條牛仔褲
一斗煙，兩杯茶，三碗飯，一張木牀，天生吃素。
不打牌，不下棋，幾本破書躺在枕頭邊裝糊塗
幾場虛驚，幾場變故，小病數場挨過去。
坐在夕陽裡抱著膝蓋費思量
這這六是年的歲月麼

29 同上，頁四一。

30 這首「自述」作為一首詩作，並不一定要看作是詩人管管真實的自傳式寫作，也完全可以讀作是一次面具化的演示。管管有一篇散文〈邋遢齋〉曾以類似的語句記敘了他「二舅」的自述，看起來〈邋遢自述〉一詩的口吻更接近於「二舅」的——只不過「二舅」也可能只是虛構的假面：「二舅一面喝著一面用調侃的口氣說：『俺打四歲開始，小班一年，中班一年，大班一年，幼稚園畢業了，然後是小學六年，中學六年〔……〕接著是過我美麗的人生啦，五次戀愛，可歌可泣，二個情人，悱惻纏綿。一個妻子，〔……〕生了三個兒女，還結下了幾個仇家，也許他們倒是我的恩人，當然還有幾個知己，〔……〕一斗煙，幾碗茶，幾杯酒，〔……〕還有幾本破書，都傳了二、三代了。一次火災，三次水災，一場車禍，還有小病幾場。〔……〕嘿！說是熱鬧嘛又他娘的荒唐！說它荒唐嘛又他奶奶的挺輝煌的。』」（管管，〈邋遢齋〉，《聯合報》一九七八年十二月十七日）

就換來這一本爛帳
嗨！說熱鬧又他娘的荒唐
說是荒唐，又他媽的輝煌
回頭看看那一大堆未完成的文章，荒唐，荒唐裏的輝煌
掛在牆上那一把劍也被晚風吹的晃蕩
這就像吾手裏這被沖過五六次以上的茶一樣
不過，如果可以，俺倒想再沏一杯茶嚐嚐
管他荒唐不荒唐。甚之輝煌。[31]

假如從傳統文人形象來考察，「邋遢」就讓人很容易聯想起濟公式的丑角英雄角色[32]。這從一方面反映了管管對民間文學的愛好（正如管管經常愛唱民間小曲）。當然，濟公的原型——宋代的道濟禪師，傳說在辭世前曾經寫有詩偈一首，劈頭第一句就是「六十年來狼藉」[33]，其中「狼藉」一語與「邋遢」可謂殊途同歸。這一類困頓或鄉野的文人形象傳統或許還可以上溯至魏晉南北朝時期那些放浪形骸的文人形象：「屬輔之與謝鯤、阮放、畢卓、羊曼、桓彝、阮孚散髮裸裎」[34]或劉伶「脫衣裸形」，「以天地為棟宇，屋室為褌衣」[35]便描繪了當時文人的狂放生活風格——管管〈俺就是俺〉中的「俺喜歡赤身露體」顯然與此相應

和[36]。

拉岡在對喜劇性的論述始終提醒我們意指關係與符號秩序的關鍵作用：「喜劇展示了主體與他自己的所指之間的關係，作為能指之間關係的結果。……喜劇從關聯於某種與意指秩序產生根本關係的效應中擁有、集聚並獲取快感。」[37] 比如，先出示「小班一年中班一年大班一年

---

31 管管，《管管詩選》，頁一七七—一七八。

32 白靈也曾用「半詼諧半正經」的濟公形象或精神來描述管管。莊祖煌（白靈），〈不際之際，際之不際——管管詩中的生命熱力和時空意涵〉，見蕭蕭、方明主編，《現代詩壇的孫行者：管管作品學術研討會論文集》，頁二〇七—二〇八。

33 《濟顛語錄》，見路工、譚天編，《古本平話小說集》（北京：人民文學出版社，一九九九），頁五八。

34 房玄齡，《晉書》（北京：中華書局，一九七四），頁一三八五。

35 劉義慶，《世說新語譯註》（上海：上海古籍，二〇〇七），頁三四八。

36 管管的作品中也多次出現過劉伶的形象，如詩作〈不是劉伶演的戲〉（《聯合報》二〇一五年六月十日）。更早的〈松下問童子〉（《聯合報》一九八〇年十一月二十七日）是童子與劉伶二人的一段戲劇式對話。〈青蛙案件物語〉一詩的「後記」裡也提到「想酒中八仙想劉伶想竹林七賢」的語句（管管，《燙一首詩送嘴，趁熱》〔台北：印刻，二〇一九〕，頁一三九）。對劉伶形象描繪最充分的可能是〈竹林七絕〉一文，其中「酒癡」一節便以劉伶為主角（管管，《早安・鳥聲》〔台北：九歌，一九八五〕，頁一五〇—一五二）。

37 Jacques Lacan, *Formations of the Unconscious*, 2017, p. 246.

／國中三年高中三年大學四年碩士二年博士三年」這樣的社會建制，然後表明「還好，俺統統都沒唸完」，一舉解構了崇高的大他者符號秩序。用「還好」一詞，明顯地帶有調侃的口吻，那麼，也可以說，這個自我漫畫化的主體不僅僅是能指（被劃除的能指）的主體，也是絕爽的主體——從能指規範的失序中獲得快感的主體。類似的，還有在「當兵」這樣一種社會體制模塑的主體化過程中，「吃糧」和「沒有作戰」又相繼挖空了「當兵」的嚴肅意味。祖潘契奇亦指出喜感與被劃除的符號大他者之間的關係：「一般意義上喜劇的關鍵結構特徵：陽具的顯現，屬於符號秩序根本結構及其權力關係的隱秘能指的喜感出現。」[38]這裡提到的陽具符號，也可以理解為權杖的象徵；而在精神分析的語境下，它只能呈現為被去勢的狀態，正如教育和從軍這樣的能指結構，不得不暴露出其空洞的「喜感」。

在童趣與嬉戲之外

不少論者都曾提及過管管詩歌創作中的童趣（這在華語現當代詩的範圍內並不多見，大概只有大陸的顧城可納入對比，但相當不同），如蕭蕭稱之為「童心無邪」[39]，沈奇稱之為「童心不泯」[40]。甚至進入耄耋之年之後，管管的一大批詩作仍流露出難得的天真和童趣，這甚至成為管管近期寫作的主要面貌。假如笑話往往基於某種世故（sophistication），那麼從表面上，它與童真（naivete）相距甚遠。但拉岡引述弗洛伊德的觀點來說明這一點：「與笑話最接近的正是乍看上去可能離笑話最遠的，也就是天真（《標準版弗洛伊德全集》第八卷，頁一八二）。弗洛伊德說，天真基於無知。很自然，他舉的是來自兒童的例子。」[41]那麼，所謂的「無知」，就可以解釋成符號化能力的空缺——而這並非不可能是一種面具，如同蘇格拉底所聲稱的那樣——或者，符號化過程本身的內在匱乏。無論如何，管管的詩既來自這種天真，又從天真中也透露出對想像域中虛假完整自我的不信任。他的詩集《腦袋開花》——每頁都穿插著管管自己帶有童稚風格的，色彩斑斕的畫作——幾乎可以看成是一本童詩（詩集中大部分詩作是以動植物為題材的）。其中的〈鳥籠〉一詩便是在童趣的範圍內又蘊含了超越幼齒的哲理：

---

38 Alenka Zupančič, "Power in the closet (and its coming out)," in Patricia Gherovici and Manya Steinkoler eds., *Lacan, Psychoanalysis, and Comedy* (New York: Cambridge University Press, 2016), p. 220.

39 蕭蕭，〈後現代社會裡「玄思異想」的空間詩學——以管管詩中「臉」與「梨花」的措置／錯置為主例〉，見蕭蕭、方明主編，《現代詩壇的孫行者：管管作品學術研討會論文集》，頁一二七。

40 沈奇，〈管管之風或老頑童與自在者說：管管詩歌藝術散論〉，見蕭蕭、方明主編，《現代詩壇的孫行者：管管作品學術研討會論文集》，頁二九。

41 Jacques Lacan, *Formations of the Unconscious*, p. 114.

撿到一隻鳥籠
把鳥籠放進客廳
我把鳥籠打開
看清籠裡沒有鳥

我在把鳥籠關緊
我看到我關進了鳥籠

那麼我應該是隻鳥了

不必驚慌 地球也是一隻鳥住在鳥籠
誰不是一隻鳥呢
誰又不是一隻鳥籠呢[42]

管管的詩往往並不追求辭藻的華麗或古雅，而是在平常甚至簡單的語言中鋪陳出不平常亦不簡單的效果。這裡，「我」和「鳥」之間本來可能具有某種潛在的關係發生了一系列的變異，空間概念隨著這些變異也產生了裂變。本來，從一開始撿到鳥籠，放到家裡，打開鳥籠，都還平淡無奇。但從「把鳥籠關緊／我看到我關進了鳥籠」起，本詩開始峰迴路轉，場景變得奇崛起來，展示出超現實主義風貌甚至艾雪（M.C. Escher）風格的自我纏繞式多維空間圖景。比如艾雪的版畫《畫廊》，就描繪了一個在畫廊的觀畫人，看到畫幅裡的街區及畫廊一直延展，直到把他自己也收納進這幅畫中。

在〈鳥籠〉裡，管管發現自己關鳥時，自己也被關進了鳥籠，並且懷疑自己也成了一隻鳥。這樣的體驗一方面有點「莊周夢蝶」的意味，也或許更多地是揭示出「關」的行為與「被關」的狀態之間的因果關

42 管管，《腦袋開花》（台北：商周，二〇〇六），頁一一〇—一一一。

艾雪，《畫廊》

係。到了「地球也是一隻鳥住在鳥籠」——山外有山，天外有天，鳥籠外有鳥籠，地球外有宇宙——我們又感受到這個多維空間延伸到了宇宙太空：內與外、小與大、主體與他者……無不處於相互轉換的可能性中。「誰不是一隻鳥呢／誰又不是一隻鳥籠呢」再次強化了這樣的畫面：萬事萬物都同時擁有了囚禁（鳥籠／加害）的功能與被囚禁（鳥／受害）的命運。

《腦袋開花》匯集了管管以動植物和各類自然意象題材為主的童趣短詩（也可以說是成人的童詩）。在很大程度上，我們可以把童趣理解為一種遊戲的精神。而在詩的範疇裡，遊戲往往是通過語言上的變幻達成的。按拉岡的說法，「兒童從語詞遊戲中獲得快樂。」[43] 在精神分析學的案例中，有關兒童語言遊戲的經典故事之一是弗洛伊德在《超越快樂原則》中提及他一歲半的外孫恩斯特自己發明的「Fort-Da」遊戲：他在母親外出時，恩斯特把線軸丟入床下，嘴裡大叫「去啦！」（Fort!），然後，再把線軸從床下抽回，同時喊「那兒！」（Da!），在線軸的往返間，兒童以行動和語言上的主動操控，補償母親缺席時的失落感。拉岡認為，「在這語音對立形態中，兒童將在與不在的現象放置到符號的檯面上，從而完成了超越」[44]。儘管這是一次意指的行為，但沒有對大他者的籲求。相反，這是一次祛除創傷的努力，在昇華為意指行為的過程中通過語言的重複保持了意指的張力。我們甚至可以說，在這裡，能指沒有生產出任何意義，而只是通過把握創傷的行為——將創傷語言化、符號化的努力——出示了意指的絕境。

在詩集《腦袋開花》中，管管有一首趣味橫生的四行短詩〈月亮魔術師・一　月亮吃月亮〉也演示了欲望辯證法的無盡過程：

月亮是一隻自己吃著自己的無鼻無眼無嘴雌雄獸
吃光了又吐出來，吐出來又吃進去
雌吃著雄，吃瘦了又吐出來
雄吃著雌，吐出來又吃進去[45]

在詩裡，管管將月亮的盈虧過程看成是一場吃和吐的遊戲，這在很大程度上也是一種把玩創傷性絕爽的方式，回應了近千年前蘇軾的經典詞句「人有悲歡離合／月有陰晴圓缺／此事古

---

43 Jacques Lacan, *Formations of the Unconscious: The Seminar of Jacques Lacan, Book V*, p. 77.

44 Jacques Lacan, *The Seminar of Jacques Lacan: Book 1, Freud's Papers on Technique, 1953-1954* (New York: Norton, 1991), p. 173.

45 管管，《腦袋開花》，頁七二。

難全」——蘇軾也是通過對於月亮圓缺的觀察來思考人世間不完美的、令人慨嘆的命運。一方面，管管把月亮的圓缺看成是一場類似「Fort-Da」遊戲的吃和吐之間永恆往返的運動，表達了主體自身作為欲望能指的分裂狀態；而從另一個角度來看，管管對月亮盈虧的描繪也暗示了中國的太極圖式——「陰晴圓缺」還意味著陰陽轉換的過程，或雌雄交合的情勢。「無鼻無眼無嘴」的形象很像是《莊子・應帝王》中描寫的「混沌」：「人皆有七竅，以視聽食息，此獨无有」[46]。莊子的混沌概念，對於中國繪畫美學產生過相當大的影響，特別是石濤在《畫語錄》中提出的「氤氳不分，是為混沌」[47]，可以看作是對中國繪畫美學的精妙概括（而我們也不難從在《腦袋開花》這本詩集裡管管自己繪製的水墨畫插圖中發現至為顯見的「混沌」面貌）。

恰好，拉岡在第十四期研討班《幻想的邏輯》上挪用了石濤《畫語錄》中提出的「一畫」（unary stroke）觀，並將之扣連到精神分析理論中的「單一特徵」（unary trait）概念。簡單地說，「單一特徵」的符號性恰恰在於它作為能指的匱乏，作為主體的欲望，或遭到去勢的陽具，成為符號秩序衰微的表徵。而由「一畫」論所衍生的後本體論美學圖式關鍵也在於此：「一」既是具體的一筆，又是萬千氣象中的鴻濛與空靈。換句話說，混沌的概念可以理解成「一」自身作為欲望空缺的符號。因此，管管對自然變化或陰陽轉換的描繪也可以看作「單一特徵」式的莫比烏斯帶遊戲：從有到無或從無到有，也是創傷的欲望化或欲望的創傷化之間的無窮轉換。

「Fort-Da」遊戲表現出孩童對母親匱乏情形下欲望戲劇的演示，那麼管管的月亮戲劇同樣展示出將創傷情意（traumatic affect）語言化的嘗試——也就是將「此事古難全」的傷感置入能指遊戲之中（把月亮盈虧的自然現象納入雌雄吞吐的能指體系裡），以符號化模擬並祛除內心的不安。這樣的遊戲在拉岡看來都可以看作是逗弄嬰兒時的「遮臉露臉」（peek-a-boo）這一類：「你遮上面具，再脫掉面具，小孩就笑起來了」[48]。因此，也可以說，管管是幾乎是用調皮玩笑的方式處理了近乎傷感的題材——而這裡的符號化過程反倒暴露了秩序與混沌的不可分離。不僅如此，從另一個角度來說，遊戲也通過對符號化的模擬，挑戰了現存的符號秩序。正如阿岡本依據本尼維斯特（Emile Benveniste）的說法來表明的：「遊戲不僅源於神聖的領域，而且也以某種方式代表了它的翻轉。……遊戲將人類從神聖的領域中解放與疏離出來，但又不是通過簡單地廢除它。」[49]那麼，我們不難看清，管管的嬉戲策略正是借用了兒童的天真視

---

46 莊子、郭慶藩，《莊子集釋》（北京：中華書局，一九二八），頁三〇九。

47 道濟，《石濤畫語錄》（北京：人民美術出版社，一九六二），頁七。

48 Jacques Lacan, *Formations of the Unconscious: The Seminar of Jacques Lacan, Book V*, p. 311.

49 Giorgio Agamben, *Profanations* (Brooklyn, NY: Zone Books, 2007), pp. 75-76.

角，通過將創傷經驗符號化的嘗試進入了詩意的語言，並創造出一種永遠帶有欲望動力的風格，朝向對自然混沌的無盡追索。

第二章

文學作為「搵學」

陳黎詩中的文字灘塗

作為台灣當代最具影響力的詩人之一，陳黎的寫作常常以其實驗性、探索性和特異性為標誌。我們可以發現，在許多作品中，陳黎所實踐的是某種文字的拼貼、增刪、擬仿……的寫作策略。也可以說，對陳黎而言，純粹的原創已經不復存在：寫作意味著重寫，亦即寫作是一種德希達（Jacques Derrida）所謂的產生於「延異」（différance）的「蹤跡」，或德・曼（Paul de Man）所稱的依賴於「時間性修辭」的「寓言」（allegory）[1]。在德希達和德・曼的解構主義視野下，寫作就不可能一種憑空的創造，而註定是一種重寫，也就是呈現為先在文本經過塗抹後形成的痕跡。陳黎的作品突出地彰顯了這種塗抹式、差異性的寫作樣態。而從拉岡的理論角度來看，陳黎的「文學」寫作則體現為「搵學」，體現為經由擦拭的方式來生產的文字作品——能指的沙礫。

什麼是「搵學」？

在一九七一年的研討班十八期《論一種或可不是擬相的話語》上，拉岡自創了lituraterre（搵學）一詞，通過拼合拉丁文的兩個單詞litura（擦拭）與terre（土地），並以「首音互換」（spoonerism）的方式，惡搞式地諧音了法文的littérature（文學）[2]。在題為〈搵學〉[3]的文章裡，拉岡一開始就提到了這個概念所關聯的一些語源學詞彙：除了litura之外，還有lino（塗抹）和liturarius（水岸）。拉岡喜歡從自身的經驗出發來闡述新的想法，比如在研討班第十一期裡，他提出「凝視」（gaze）概念時憶及了自己年輕時出海看到海面上漂浮著閃亮罐頭的經驗。這次，拉岡提到的是自己赴日本旅行途中，坐飛機在西伯利亞平原上空看到的灘塗景象：交錯的河流及其形成的灘塗——正是水岸在河流的「塗抹」下形成了灘塗的現象。拉岡提出，他在西伯利亞上空看到的河流可以被「閱讀」為「隱喻性的寫作蹤跡」[4]，他在〈搵學〉一文中認為這種灘塗（littoral）的樣貌恰好就體現了文字的（literal）意義：「純粹的擦拭（litura），這

---

1 Paul de Man, "The Rhetoric of Temporality," in Paul de Man, *Blindness and Insight: Essays in the Rhetoric of Contemporary Criticism* (Minneapolis: University of Minnesota Press, 1983), pp. 187-228.

2 故本文將lituraterre譯為「搵學」，一方面諧音「文學」，一方面以「搵」保留「擦拭」的含義。如辛棄疾《水龍吟・登建康賞心亭》：「倩何人喚取／紅巾翠袖／搵英雄淚」，見辛棄疾，《稼軒詞編年箋注》（上海：上海古籍出版社，一九七八），頁三一。

3 拉岡的〈搵學〉（Lituraterre）一文發表於*Littérature*, 3 (October 1971), pp. 3-10，並收入Jacques Lacan, *Autres écrits* (Paris: du Seuil, 2001), pp. 11-20（為該書的第一篇）。在一九七一年五月十二日的研討班上，拉岡宣讀並講解了這篇文章。

4 Jacques Lacan, *On Feminine Sexuality, the Limits of Love and Knowledge, The Seminar of Jacques Lacan, Book XX, Encore 1972-1973* (New York: W. W. Norton, 1999), p. 120.

便是文字性的」[5]，換言之，文字就是擦拭和塗抹。濺塗的隱喻便精妙地意指了文字在遭到能指沖刷和洗滌（符號化）的過程中仍然作為泥沙存留（真實域的殘留）的特性。

陳黎的搵學

陳黎常常被論者視為台灣具有代表性的「後現代（主義）」詩人[6]。挪用或徵用現成文本，也正是「後現代」寫作的一種重要方式。陳黎在二〇一二年他患病期間，完成了一本奇特的詩集《妖／治》。這部詩集被陳黎稱為「再生詩」，不僅具有身心再生的含義，也意指一種類似再生紙的再生廢物狀態。陳黎「再生詩」是通過從現成的文學經典文本以及陳黎自己過去的作品文本中圈選出所需的文字，然後組合成新的詩作。這個圈選的行為當然也可以理解為是將圈選之外的文字抹去，而剩餘的文字重新拼貼出的新作便是這種塗抹的結果。《妖／治》以整本詩集的「再生」方式意味著「搵學」成為陳黎寫作的核心形態之一。

這一類的「再生詩」在之後的詩集《朝／聖》裡再度出現：他從孫梓評的詩集《善遞饅頭》中選出字來拼貼成一組詩〈偽善饅頭〉。但其實，在二〇〇六年的詩集《輕／慢》中，陳黎有一組詩〈唐詩俳句〉共十二首，就實驗過類似的方法：每一首的原文都是古典詩，但其中只有選出的字以正常油墨深淺度印刷以組合成俳句，其餘（被刪去的部分）則用淡色油墨表示需被隱去。如第一首（詩後附註為「用杜甫〈贈衛八處士〉」）：

人生不相見，動如參與商，
今夕復何夕，共此**燈燭**光，
少壯**能幾時**，鬢髮各已蒼，
訪舊半為**鬼**，**驚**呼熱中腸，
焉知二十載，重上君子堂，
昔別君未婚，兒女忽成行，
怡然敬父執，問我來何方，

---

5 Jacques Lacan, *Autres écrits*, p. 16.

6 比如，張仁春著有專書《邊陲的狂舞與穆思：陳黎後現代詩研究》（新北：稻鄉出版社，二〇〇六）；古繼堂著有陳黎詩集《島嶼邊緣》的評論，題為〈台灣後現代詩的重鎮：評陳黎的《島嶼邊緣》〉《更生日報・四方文學週刊》一九九七年七月二十日、二十七日；葉淑美亦著有陳黎詩集《島嶼邊緣》的評論，題為〈「邊緣」作為後現代的聲源：試析陳黎《島嶼邊緣》的後現代詩風〉，《臺灣文學評論》八卷三期（二〇〇八年七月），頁二八—五二）。

問答乃未已，兒女羅酒漿：
夜雨翦春韭，新炊間黃粱，
主稱會面難，一舉累十觴，
十觴亦不醉，感子故意長，
明日隔山岳，世事兩茫茫。[7]

這首詩通過隱去原文本中其餘的文字，將剩下的字詞重新組合成一首新的詩作：

人生
　　　　　燈燭
　能幾時，
訪舊　鬼　驚
答　　　　　：
　　難
　　　　　長

可以看出，「搵學」的秘密在於一首詩不僅是簡單的一個文本，而是在不同層次上展示了數首詩文本之間的轉換或變遷，或者說是凸顯了塗抹過程的多重詩作：首先是原作，然後是原作上添加了部分文字被圈選的痕跡，最終是抹去了被排除的文字，刪減之後的剩餘。這個通過剩餘而產生的作品，未必是水落石出彰顯的精華，往往只是滌蕩過後的蕪雜殘留物。但這些殘留物因為經歷了沖刷的過程，必須在擦拭的意義上被理解為某種殘餘的痕跡。消隱與顯露的辯證成為陳黎這一類詩的基本法則。

同樣，《輕／慢》這本詩集的第一首詩〈一首容易讀的難詩〉第一行也是經由文字的部分消隱形成的：

[8]

這一行裡被消隱的上邊部分

---

7 陳黎，《輕／慢》（台北：二魚文化，二〇〇九），頁九三。

8 陳黎，《輕／慢》，頁九。原文豎排，故每個字右邊約四分之一從缺，此處根據《陳黎文學倉庫》網頁，網址：http://faculty.ndhu.edu.tw/~chenli/poetry10.htm#一首容易讀的難詩，（最後瀏覽日期：二〇一六年十二月二十七日）改為橫排的樣式，每個字上邊約四分之一從缺。

[illegible][9]

出現在詩集的最後一頁（即最後一首詩〈最慢板〉在接近四頁空頁之後的唯一一行），彷彿也暗示了某種輪迴的效果：抵達終點卻發現又回到了起點。而這缺憾的兩行則如莫比烏斯帶的兩面，被分割在前後兩處，雖有首尾呼應、接續的假設，卻永遠無法真正地合二為一（除非詩集被製作成轉經輪般的循環樣式）。其中被分割的裂隙可以被看作是純粹意義上的真實域：符號化的能指內部有著無法彌合、無法蠡測的深淵。而細察之下不難發現，在〈最慢板〉中用以「補足」的那部分不只是〈一首容易讀的難詩〉第一行那被消隱的約四分之一，那麼其實前後兩個貌似半行的詩行都保留了完整漢字的大約四分之三。也就是說，假如要把這兩行拼合起來成為完整的一行，除卻上下各四分之一的部分獲得了補足，中間的部分還會重疊起來，剩餘下來的就成了廢品。這中間因重疊而可廢棄的部分作為過剩，作為剩餘絕爽或剩餘快感（plus-de-jouis），標明了符號秩序無法掩蓋的真實域不僅僅體現為不可彌合的黑暗深淵，也呈現了作為真實域虛擬填補的快感盈餘——小它物（objet *a*）。不但缺憾的字顯示出符號的壞損狀態，對它的修補也變得不但遙不可及（一直到書末），並且過猶不及（多餘的部分破壞了拼合的完善）。

在拉岡晚年的精神分析學說裡，分析師不再扮演傳遞真理的大他者角色。同樣，拉岡也反對文學作品成為傳輸知識的媒介，或者以精神分析學說來「解釋」文本的真確意義。換句話說，文學／文本也不應是傳遞意義的簡單工具，而應體現出「灘塗」般的絕爽樣貌。這個觀察對拉岡而言，又是與先鋒文學聯繫在一起的：

> 簡言之，是否可能從「灘塗」的狀態裡建立起一種話語，可以被描述為——如我今年所提出的問題——不是由擬相產生的？顯然，這是一個僅僅在所謂的「先鋒文學」領域中提出的問題，而「先鋒文學」本身就是一個「灘塗」的現象，因此不是由擬相所支撐的，但儘管如此，除了展示出一種話語能夠產生的斷裂之外，什麼也沒有證明。[10]

---

9 陳黎，《輕／慢》，頁一六七。原文豎排，故每個字左邊約四分之一從缺，此處根據《陳黎文學倉庫》網頁，網址：http://faculty.ndhu.edu.tw/~chenli/poetry10.htm#最慢板，（最後瀏覽日期：二〇一六年十二月二十七日）改為橫排的樣式，每個字下邊約四分之一從缺。

10 Jacques Lacan, *Le Séminaire de Jacques Lacan, Livre XVIII: D'un discours qui ne serait pas du semblant (1971)* (Paris: Seuil, 2006), p. 124.

對於寫作而言，塗抹或擦拭從肯定性、創造性的行為變異為否定性的、解構性的行為。「摳學」本來就是拉岡晚年針對先鋒派寫作的獨特觀察點[11]，從塗抹、廢棄等觀念來探討一種標示著主體匱乏的文學（特別是以喬伊斯、貝克特為代表的先鋒文學）如何通過語言的自我棄絕來抵達精神分析的終極目標：一方面被分析者（subject，即主體）以傾倒垃圾為標誌，另一方面分析師也在終結點上成為廢棄的產品。在研討班第十六期的第一堂演講課上，拉岡表示：「我們很多人發現自己一同在垃圾桶裡。……我並不覺得有什麼不適，尤其因為我們已經略加了解在天才塞繆爾·貝克特的這個時代裡垃圾桶所包涵的意味。」[12] 這裡提到的貝克特的垃圾桶，無疑是他的戲劇傑作《終局》裡的場景：Nell和Nagg摔斷雙腿後，自始至終就生活在垃圾桶裡。這種廢棄也意味著在中心與缺席之間，絕爽（jouissance）與知識之間，必須通過有如書法筆觸一般的塗抹，挖掘或犁耕（furrow）出文字所體現的真實域境遇（相對於符號域的能指）。正是在這個意義上，拉岡借用了喬伊斯小說《芬尼根守靈》中的「文字！棄物！」（The letter! The litter!）來說明作為廢棄之文字（或：文字=文滓）的功能[13]。

陳黎還有一首〈春歌〉，描寫了漢字的刪減（擦拭）過程——「春」字減成了「日」字：

仲春草木長。工人們在校園裡伐樹
把多餘的軀幹砍剪掉。

……
工人們在校園裡把
春日之樹多餘的筆劃砍剪掉
我的春天被刪減得只剩下一個日字
一些簡單的日子，等虛無之音[14]

拉岡在早年奠定其理論基礎的〈無意識中文字的或弗洛伊德以來的理性〉一文中首次觸及

---

11 拉岡對"Lituraterre"概念的發明也在很大程度上體現了先鋒文學的影響。早在一九二三年，拉岡的友人，法國超現實主義的鼻祖布勒東（André Breton）就創作過一篇題為"Erutarettil"的實驗性文本，這個標題用回文（palindrome）的手法瓦解了語詞上的「文學」。見André Breton, "Erutarettil," *Littérature* 11-12 (1923): pp. 24-5. 有意思的是，布勒東這篇文章所發表的刊物名*Littérature*，與拉岡首次發表"Lituraterre"一文的刊物名*Littérature*恰好完全相同（實際上並無延續性）。而布勒東那篇文本的拼貼式、廢棄狀創作，又在相當程度上體現了拉岡的「搵學」觀念。

12 Jacques Lacan, *Le Séminaire XVI: D'un Autre à l'autre* (Paris: Seuil, 2006), p. 11.

13 Jacques Lacan, *Écrits: The First Complete Edition in English*, trans. Bruce Fink, p. 18.

14 陳黎，《苦惱與自由的平均律》（台北：九歌出版社，二〇〇五），頁一三七—一四〇。

了對「文字」（letter）概念的界定：「『文字』意謂著具體話語從語言中借助的物質媒介」[15]。換句話說，文字是尚未符號化、語言化的散亂材質，屬於真實域的範疇。晚年拉岡對「文字」（letter）與能指（signifier）作了明確的區分：「寫作、文字屬真實域，而能指屬符號域」[16]。從這樣的視角出發，也可以說，「春」和「日」的差異便是能指與文字的差異，或符號域與真實域的差異：「春」是一個由文化符號構建出來的概念，它被擦抹之後，便暴露出未經修飾的文字材質「日」——它僅僅呈現出其原生態的「簡單」，也可以說是「等虛無」或朝向虛無與深淵的真實域「原物」（the Thing）式核心。「日」是字的基本單位，同時褪去了文化外衣——「一些簡單的日子」僅僅意味著度過的一天天——以「簡單」乃至「虛無」觸及文字所標識的非符號性，體現其物性的原初質料。而這種「文滓」是經由對能指的擦抹來彰顯的。[17] 由於符號語言往往呈現出某種偽飾的功能，對「春」字的清理也是對「春」所代表的虛假美化的清理：只有刪除了「春」字帶來的外在意義——鳥語花香、欣欣向榮、萬象更新、生機勃勃……——我們才能直面「日」字所蘊含的難以忍受的時間性虛無，切入真實時間的重複和空洞。

作為文字灘塗的詩

拉岡研討班十八期的標題《論一種或可不是擬相的話語》（*D'un discours qui ne serait pas du semblant*）中的「擬相」（semblant／semblance），在很大程度上與符號他者是相關的。在法文裡，faire semblant 往往是指虛擬的假相。Russell Grigg在闡述這個概念時援引了Jacques-Alain Miller的說法：大他者並不存在，存在的只有擬相[18]。那麼，拉岡學說中最重要的那些概念，他者、語言、陽具符號、父之名等，都可被歸結為擬相。然而，假如一般而言的文學是基於語言的擬相，並且具有遮掩大他者匱乏的偽飾功能的話，「摀學」如何可能成為一種並非擬相的話語？陳黎有一首相當著名的〈腹語課〉，展示出文學與摀學之間的擺動：

15 Jacques Lacan, *Écrits: The First Complete Edition in English*, trans. Bruce Fink, p. 412.

16 Jacques Lacan, *Le Séminaire de Jacques Lacan, Livre XVIII: D'un discours qui ne serait pas du semblant (1971)*, p. 122.

17 在台灣詩壇，這種塗抹的另一個例子是，二〇一二年夏宇主編的《現在詩》第九期，題為《劃掉劃掉劃掉》。這期詩刊起源於二〇〇八年在台北當代藝術館的一次藝術行為：所有的作品都是通過劃掉或塗掉現成文本上部分文字後餘下而成的「殘餘」文本。

18 Russell Grigg, "The Concept of Semblant in Lacan's Teaching," *UMBR(a)* no.1 (2007), p. 137.

惡勿物務誤悟鎢塢騖蓩噁岉蘁甂痦逜埡芴
軏杌婺騖堊沕迕逜鋈矹粅阢靰焐卼煟扤屼
（我是溫柔的……）
屼扤煟卼焐靰阢粅矹鋈逜迕沕堊騖婺杌軏
芴埡逜痦甂蘁岉噁蓩騖塢鎢悟誤務物勿惡
（我是溫柔的……）

惡餓俄鄂厄遏鍔扼鱷蘁餩嶭蝁搹圔軛豟豟
顎呃愕噩軛阨鶚堊諤蚅砨砐櫮鑩岋堮枙齶
萼咢啞崿搤詻閼頞堨堨頞閼詻搤崿啞咢萼
齶枙堮岋鑩櫮砐砨蚅諤堊鶚阨軛噩愕呃顎
豟軛圔搹蝁嶭餩蘁鱷扼鍔遏厄鄂俄餓
（而且善良……）[19]

可以看出，括號裡的「我是溫柔的」和「而且善良」具有明確的符號意義，代表了語言的「常態」功能，而括號外那些由同音特性連綴起來的雜亂漢字，表面上作為能指，卻並不提供真正可被符號化的所指。顯然，這首詩括號內的「能指」與括號外的「文字」形成了對照，從拉岡的視角來看，是「文字」從真實域的黑暗核心流瀉出來，成為「棄物」的展示。另外，我們還可以辨認出括號外的兩組同音字裡充斥了各類可歸類為具有負面含義的字，比如「惡」、「噁」、「誤」、「痦」、「迕」、「餓」、「戹」、「噩」等，以及一些意義不明但字形結構中包含了具有負面字義的「惡」、「戹」、「噩」（或分享其字形主要部分）的罕用字，比如「蘁」、「堊」、「蘁」、「鍔」、「阨」、「櫮」、「鑩」、「枙」、「蝁」等。集合在「（我是溫柔的……）」前面雜亂無章的漢字讀音均為ㄨ，彷彿是為「（我是溫柔的……）」這一句第一個字「我」的發音做前行準備；同樣，集合在「（而且善良……）」之前雜亂無章的漢字讀音均為ㄜ，彷彿是為「（而且善良……）」這一句第一個字「而」的發音做前行準備：奚密稱之為「內在和表象、心和口之間的差距」[20]，而焦桐則認為「這一堆同音字、破音字幾乎沒有一個是含有正面意義的字，這些不懷好意的字一一背叛了說話者的善意，造成發出／接收的誤解和矛盾」[21]。但反過來也可以說，或許「（我是溫柔的……）」和「（而且善良……）」反倒是為了掩蓋那一系列並

19 陳黎台，《島嶼邊緣》（台北：皇冠文化出版有限公司，一九九五），頁一〇八—一〇九。

20 奚密，〈本土詩學的建立：讀陳黎《島嶼邊緣》〉，見王威智編，《在想像與現實間走索：陳黎作品評論集》（台北：書林出版社，一九九九），頁一六九。

21 焦桐，〈前衛詩的形式遊戲〉，見王威智編，《在想像與現實間走索：陳黎作品評論集》，頁一四一。

無明確意義但可能帶有真實域創傷性的聲音而生產出來的符號擬相（symbolic semblance）。作為符號擬相，一般意義上的語言試圖掩蓋的正是以這些紊亂文字為代表的真實域殘渣：那三組雜亂的同音字，作為無意義的發音／人聲（voice），體現了拉岡「小它物」概念的特性，以其神秘而費解的面貌成為欲望的原因—目標。[22] 不過，這些喪失了所指的漢字對符號空缺的填補也出示了另一個層面上的擬相：它們畢竟仍然是完整的漢字，試圖摹擬某種符號化文字的樣貌，對欲望進行虛擬的填補。對於早期拉岡而言，擬相混合了想像域和符號域，體現為對真實域的遮蔽。而晚期拉岡則認為擬相在一定程度上觸及了真實域的邊緣：那麼，甚至「小它物」也屬於擬相範疇：它虛擬地填補了大他者的空缺，或者說掩飾了大他者匱乏的狀態，儘管它自身也不過是真實域的擬相。

那麼，可以說這些塗鴉式的亂糟糟的文字便是對符號化「文學」的一種塗抹，而成為「搵學」，通過物質化的文字（literal）在文學的邊緣沖刷出一片灘塗（littoral）般的「文滓」（letter/litter）。廖咸浩和孟樊在對台灣後現代詩的論述中，也都分別將陳黎的詩作與「物質性」的概念聯繫在一起。廖咸浩強調了陳黎詩中「文字物質性的深入」，特別是詩集《島嶼邊緣》，有一種「對語言的玩心」[23]。孟樊在討論〈腹語課〉時，認為這是一首「兼具字形及字音之物質性呈現的語言詩」，「把文字從意義上解放出來」[24]。不管是廖咸浩所說的「玩心」的語言遊戲特徵，還是孟樊所說的「從意義上解放出來」的語言顛覆向度，都揭示了陳黎詩的文字質料對能指秩序的挑戰和瓦解。我在本文中試圖更明確地描述這些來自真實域的物質性文字如何用來徒勞地填補符號他者的空缺，展示出意義缺失的傷痛。

在陳黎的詩作中，廣義上屬於這一類的作品其實不勝枚舉，僅詩集《島嶼邊緣》中，就有〈一首因愛睏在輸入時按錯鍵的情詩〉，通過諧音字的替換，造成意義的錯位、衝突或瓦解：

親礙的，我發誓對你終貞
我想念我們一起肚過的那些夜碗
那些充滿喜悅、歡勒、揉情秘意的
牲華之夜
我想念我們一起淫詠過的那些濕歌

22 拉岡將凝視、人聲、乳房與糞便視為「小它物」的典型。見Jacques Lacan, *The Four Fundamental Concepts of Psycho-Analysis* (New York: Norton, 1978), p. 242.

23 廖咸浩，〈悲喜未若世紀末——九〇年代的台灣後現代詩〉，收於林水福編，《兩岸後現代文學研討會論文集》（台北：輔仁大學外語學院，一九九八），頁三八—三九。

24 孟樊，《台灣後現代詩的理論與實際》（台北：揚智文化事業股份有限公司，二〇〇三），頁二五四—二五五。

那些生雞勃勃的意象
在每一個蔓腸如今夜的夜裡
帶給我飢渴又充食的感覺

侵愛的，我對你的愛永遠不便
任肉水三千，我只取一嫖飲
我不響要離開你
不響要你獸性騷擾
我們的愛是純啐的，是捷徑的
如綠色直物，行光合作用
在日光月光下不眠不羞地交合

我們的愛是神剩的

在這首詩裡，「親愛」變異為「親礙」和「侵愛」，「度過」變異為「肚過」，「換樂」變異為「歡勒」，「柔情蜜意」變異為「揉情秘意」，「昇華」變異為「牲華」，「吟詠」變異為「淫詠」，「詩歌」變異為「濕歌」，「生機勃勃」變異為「生雞勃勃」，「漫長」變異為「蔓腸」，「不變」變異為「不便」，「弱水三千」變異為「肉水三千」，「一瓢飲」變異為「一嫖飲」，「純粹」變異為「純啐」，「神聖」變異為「神剩」……。這些替代後的諧音字多半有不雅或負面的意涵（如「礙」、「侵」、「勒」、「牲」、「便」、「啐」、「剩」），或者有關性的指涉（如「肚」、「揉」、「淫」、「濕」、「雞」、「肉」、「嫖」）。特別像「親」不外乎「侵」，「愛」不過是「礙」，「吟」實際是「淫」，「聖」無非是「剩」……，可以說在語言符號秩序的宏偉構築下挖掘並鋪展出從令人難以忍受的真實域奇觀裡疏漏出來的絕爽「小它物」，成為真實域與符號域之間的文字（或「文滓」）灘塗。灘塗作為分界區，既非原初符號秩序的一部分，也不是純粹的真實域黑洞，但展示出符號秩序無法避免真實域侵蝕的面貌。

語音總是與拉岡所說的人聲的「小它物」相關。因此，當陳黎以同音的方式將語言符號體系中的某些要素置換成具有異質特徵的字時，字音的效果顯然占據了關鍵的地位。必須特別注意的是，置換後的字音是與原初語言符號體系的意義脫節的，或者可以說是脫離了語言他者形體的純粹發音，是典型的「小它物」，標誌著能指失敗的結果。〈一首因愛睏在輸入時按錯鍵的情詩〉之所以可以看作是文字灘塗的「文滓」現象，蓋因它建立在能指與文字之間，或者

25 陳黎，《島嶼邊緣》，頁一二一—一二二。

說，是從能指鋪展到文字之間的過渡界域：原有的符號結構並未完全消失，但遭到了以語音為黑暗核心的廢棄物的侵蝕。

陳黎似乎執迷於情詩的各種奇妙。更極端的情形是他的一首題為〈情詩〉的詩：

> 捄蛂旰，宅穸埶栕
> 极箟衄桯抶蚊赵，眕
> 岆玪迖衮茔。茼衄
> 搣窅彶袚刓伐庢衮胂
>
> 陑忨硌砓捇欥赽妭
> 揖瓟揤搣砓扢：
> 埶埏，咨咨，伐倛
> 痀陓呐涹垔郔朸——
>
> 瑡昳，穸覞慅虷秪
> （琑慠肮圉斻弁）

眅园泆筤汒拎，昢赻
狟荌蚼朼芶鄞坽寀抑

奀奀粁毞毞，覂覂吽
屾屾。猁岍，瓬崠
迵敃旮淏鈛囮。殏佽
寀軞逌，居崟庈……[26]

這首全篇由罕見字拼合成的作品，只在分行、分段、使用標點符號的形態上模擬了新詩常見的形式，整首詩並無任何字面上的意義。換句話說，陳黎為字的物質殘渣蓄意展示出詩的形式擬相。這些字的廢棄物，有如文字鋪展出來的灘塗，卻延伸在詩的領域裡，覆蓋或擦抹了「正常」的語句，成為喬伊斯式的「聖狀」[27]：一種作為病症的語言符號，同時體現了神聖的

26 陳黎，《苦惱與自由的平均律》，頁一二五—一二六。

27 拉岡在他晚年的研討班第二十三期《聖狀》（Le sinthome, 1975-76）裡提出了「聖狀」的概念：sinthome一詞是古代法語symptôme（症狀）一詞的拼寫法，也還包含了其他的各種含義，如（法語中）與之同音的「聖人」（saint homme）、「合成人」（synth-homme）、「聖托馬斯」（Saint Thomas）等。在拉岡那裡，「聖狀」不

特性（而對陳黎而言，「神聖」也意味著「神剩」[28]，意味著作為剩餘快感的「絕爽」）。那麼，這一首「情詩」也就體現了「我們的愛是神剩的」這樣將聖潔的愛情置於亂碼般駁雜的符號擬相裡：表面上規整的詩歌形式被揭示出紊亂的真實域廢墟。

陳黎的寫作充滿了這一類的文本互涉。不僅作於二〇〇六年的〈一首容易讀的難詩〉提到了這首二〇〇四年的〈情詩〉並在詩中徵引了〈情詩〉的最後四行，在二〇〇八年時，陳黎又為這首〈情詩〉寫了一組「續篇」，題為〈廢字俳〉，以〈情詩〉裡用過的罕見字（以及少量其他罕見字）分別作為小標題，並模仿詞典（或「魔鬼詞典」[29]）條目的樣式予以「破解」：

奀

嗯沒錯，不大不小，沒大沒小
是我的特色。有小有大就尖了些
我不在乎尺寸規矩，我就是我

毞

在天體營，我們比毛，或者比
不毛，陽光下：比比比比比

毛毛毛毛毛——天然的獸毛布

屾

不甘被在上的山壓抑的　山

出走後又回來，要求平起平坐

真好，連山也「屾」化民主

僅是症狀，還是在語言的符號秩序中透露出來的快感，但又並不產生通常的「意義」，反倒可以看作是喪失所指的真能指。拉岡在題為《聖狀》的研討班第二十三期中主要討論的是「聖狀」的概念如何能夠用來界定喬伊斯（James Joyce）的寫作。在拉岡看來，喬伊斯將能指打回文字的原形，他的小說《芬尼根守靈》呈現出語言符號的廢墟狀態。

28 陳黎，〈一首因愛睏在輸入時按錯鍵的情詩〉，見陳黎，《島嶼邊緣》，頁一二二。

29 《魔鬼詞典》是美國作家比爾斯（Ambrose Bierce）的作品，多以搞笑、諷刺的方式對詞條作似是而非的「界定」。

庈

它的意思太多，太深了。我也想把
今天存放在倉庫，冰庫，金庫裡
隨本今生利息，翻出更多金亮的今

囮

你的臉是發光的木製陷阱，誘
我入內。啊你的話　是更誘人
的陷阱，讓我甘心化作一隻鳥

沓

是水的出口，不是口水
閃亮的群星剛從夜之
噴泉湧出，好濕，好涼

扶

那神偷說他從不失手，問題是
他昨天偷香，居然手足並用，結果
被捉了，被人用鞭子痛扶一頓

居

所占者身體的肥缺：除了死之外，誰
占有其位，誰就有活力，屁滾尿流
屎屙，且能屌能屄。空著，等於死了

昳

太陽跌倒了，它向西倒下，我們
又失去一日。暫免它的勞役，帶它
進入夜晚休息，沐浴，待旦而起

穸
歌唱夜以及她的巢穴，它是如此
巨大的地下宮殿，像卵巢，像子宮
讓一切成夕暮者入幕，孕育來日 30

首先，陳黎把〈情詩〉中的那些字稱為「廢字」（儘管他其實已經充分了解到這些漢字標準解釋），應和了拉岡對喬伊斯「文字！棄物！」（The letter! The litter!）的闡釋——喬伊斯同樣是致力於呈現語言符號秩序的瓦礫狀態。不過，陳黎進一步的工作是虛擬這些廢字的「意義」，彷彿棄物也是符號秩序的一部分。如果說〈情詩〉是在正常詩形式的框架下填充了垃圾的材料，〈廢字俳〉則挑出一部分本來有意義卻淪為廢棄品的漢字，假裝它們可以符號化為語言體系的有機元素。顯然，在這裡，符號的擬相都起了至為關鍵的作用。從根本上說，陳黎對這些字的解釋都不是這些字的真正定義，而是通過似是而非的曲解「戲說」了這些字的意義。這樣貌似一本正經的說文解字不僅不可能將「廢字」從廢墟中拯救出來成為真正的「能指」，反而暴露了「釋義」過程的符號化努力的千瘡百孔：「文字」與「能指」之間的錯位永遠無法真正彌合。可以看出，陳黎的詩雖然在表面上迫近了紊亂的極端，但卻又在某種程度上保持了亂中有序的局面，通過不同的具體寫作策略來從各個角度揭示語言符號秩序內在的廢棄特性。

因此，除卻一般意義上的後現代或解構向度，陳黎的詩更強調了文字材質在物質層面那種沙礫般的殘破感與創傷感，並充分展示其作為「搵學」的擦拭與沖刷過程。

神聖能指的殘骸

拉岡晚年對中國文化的濃厚興趣反映在他有關「搵學」與「文字灘塗」的理論上，兩次日本之行也使他對漢字的產生了濃厚的興趣。拉岡認為漢字真正體現了他的能指理論，從漢字裡看到了隱喻的普遍性和能指滑動的持續性。他甚至不無誇張地聲稱：因為學習了中文，拉岡才成其為拉岡。[31] 由此，他試圖探討通過漢字能否形成一種游離於擬相的話語[32]——這對拉岡而

30 陳黎，《輕／慢》，頁八七—八九。

31 Jacques Lacan, *Le Séminaire de Jacques Lacan, Livre XVIII: D'un discours qui ne serait pas du semblant (1971)*, p. 36.

32 拉岡在研討班十八期《論一種或可不是擬相的話語》中集中討論到這個問題，特別是在一九七一年二月十七日討論《孟子》的哲學和一九七一年三月十日討論中文和日文的兩次演講時例舉了大量漢字。見Jacques Lacan, *Le Séminaire de Jacques Lacan, Livre XVIII: D'un discours qui ne serait pas du semblant (1971)*, pp. 55-94.

言，與探討先鋒書寫對擬相的某種超越是一致的，因為先鋒書寫體現出文字灘塗的樣貌。殊不知，漢字並非不食人間煙火的神秘鬼魅，亦無法避免自身的符號擬相特性，只是，它亦可通過漢字本身的結構與解構機制來消除擬相的虛幻權威。可以說，對符號化語言能指的解構是拉岡理論中隱含的關鍵指向，也可以說是陳黎一貫的重要意旨。在陳黎的不少作品中，我們都可以看到神聖的能指符號被揭示為殘破的廢墟，暗示出真實域的創傷性黑洞。著名的〈戰爭交響曲〉就是一例，經由「兵」、「乒」、「乓」、「丘」四個字之間（拉岡所謂）「能指滑動」的特性，揭示出戰爭的殘酷和虛無：

兵兵兵兵兵兵兵兵兵兵兵兵兵兵兵兵兵兵兵兵兵兵兵兵兵兵兵兵兵兵
兵兵兵兵兵兵兵兵兵兵兵兵兵兵兵兵兵兵兵兵兵兵兵兵兵兵兵兵兵兵
兵兵兵兵兵兵兵兵兵兵兵兵兵兵兵兵兵兵兵兵兵兵兵兵兵兵兵兵兵兵
兵兵兵兵兵兵兵兵兵兵兵兵兵兵兵兵兵兵兵兵兵兵兵兵兵兵兵兵兵兵
兵兵兵兵兵兵兵兵兵兵兵兵兵兵兵兵兵兵兵兵兵兵兵兵兵兵兵兵兵兵
兵兵兵兵兵兵兵兵兵兵兵兵兵兵兵兵兵兵兵兵兵兵兵兵兵兵兵兵兵兵
兵兵兵兵兵兵兵兵兵兵兵兵兵兵兵兵兵兵兵兵兵兵兵兵兵兵兵兵兵兵
兵兵兵兵兵兵兵兵兵兵兵兵兵兵兵兵兵兵兵兵兵兵兵兵兵兵兵兵兵兵

兵兵兵兵兵兵兵兵兵兵兵兵兵兵兵兵兵兵兵兵兵兵兵兵
兵兵兵兵兵兵兵兵兵兵兵兵兵兵兵兵兵兵兵兵兵兵兵兵
兵兵兵兵兵兵兵兵兵兵兵兵兵兵兵兵兵兵兵兵兵兵兵兵
兵兵兵兵兵兵兵兵兵兵兵兵兵兵兵兵兵兵兵兵兵兵兵兵
兵兵兵兵兵兵兵兵兵兵兵兵兵兵兵兵兵兵兵兵兵兵兵兵
兵兵兵兵兵兵兵兵兵兵兵兵兵兵兵兵兵兵兵兵兵兵兵兵
兵兵兵兵兵兵兵兵兵兵兵兵兵兵兵兵兵兵兵兵兵兵兵兵
兵兵兵兵兵兵兵兵兵兵兵兵兵兵兵兵兵兵兵兵兵兵兵兵

兵兵兵兵兵兵兵兵兵兵兵兵兵兵兵兵兵兵兵兵兵兵兵兵
兵兵兵兵兵兵兵兵兵兵兵兵兵兵兵兵兵兵兵兵兵兵兵兵
兵兵兵兵兵兵兵兵兵兵兵兵兵兵兵兵兵兵兵兵兵兵兵兵
兵兵兵兵兵兵兵兵兵兵兵兵兵兵兵兵兵兵兵兵兵兵兵兵
兵兵兵兵兵兵兵兵兵兵兵兵兵兵兵兵兵兵兵兵兵兵兵兵
兵兵兵兵兵兵兵兵兵兵兵兵兵兵兵兵兵兵兵兵兵兵兵兵
兵兵兵兵兵兵兵兵兵兵兵兵兵兵兵兵兵兵兵兵兵兵兵兵

乒乓乒乓乒乓乒乓乒乓乒乓乒乓乒乓乒乓乒乓乒乓乒乓
乒乓乒乓乒乒乓乓乒乓乒乓乒乒乓乓乒乓乒乓乒乒乓乓
乒乒乒乒乒乒乒乒乓乓乓乓乓乓乓乓乒乒乒乒乒乓
乓乓　乒乓乒乒　乒　乓　　乒乒　　　乒乒　　乓乓
乒乒　　乓乒　乒　乓　乒　乓　乒乒乒　　乓　乒
　乒乒　乓　乓乓　乒　乒　　乓　　乒　乓　　　乒
乒　　　　　　乓乓　　　　　　乓　　　　乒　乓
　乒　　　乓　　　　乒　　　　　乓　　　　乓
　　　乒　　　　　　　　　　　　　　　乓
丘丘丘丘丘丘丘丘丘丘丘丘丘丘丘丘丘丘丘丘丘丘丘丘
丘丘丘丘丘丘丘丘丘丘丘丘丘丘丘丘丘丘丘丘丘丘丘丘
丘丘丘丘丘丘丘丘丘丘丘丘丘丘丘丘丘丘丘丘丘丘丘丘
丘丘丘丘丘丘丘丘丘丘丘丘丘丘丘丘丘丘丘丘丘丘丘丘
丘丘丘丘丘丘丘丘丘丘丘丘丘丘丘丘丘丘丘丘丘丘丘丘
丘丘丘丘丘丘丘丘丘丘丘丘丘丘丘丘丘丘丘丘丘丘丘丘

丘丘丘丘丘丘丘丘丘丘丘丘丘丘丘丘丘丘丘丘丘丘丘丘
丘丘丘丘丘丘丘丘丘丘丘丘丘丘丘丘丘丘丘丘丘丘丘丘
丘丘丘丘丘丘丘丘丘丘丘丘丘丘丘丘丘丘丘丘丘丘丘丘
丘丘丘丘丘丘丘丘丘丘丘丘丘丘丘丘丘丘丘丘丘丘丘丘
丘丘丘丘丘丘丘丘丘丘丘丘丘丘丘丘丘丘丘丘丘丘丘丘
丘丘丘丘丘丘丘丘丘丘丘丘丘丘丘丘丘丘丘丘丘丘丘丘
丘丘丘丘丘丘丘丘丘丘丘丘丘丘丘丘丘丘丘丘丘丘丘丘
丘丘丘丘丘丘丘丘丘丘丘丘丘丘丘丘丘丘丘丘丘丘丘丘
丘丘丘丘丘丘丘丘丘丘丘丘丘丘丘丘丘丘丘丘丘丘丘丘
丘丘丘丘丘丘丘丘丘丘丘丘丘丘丘丘丘丘丘丘丘丘丘丘[33]

「乒」、「乓」和「丘」，作為缺胳膊少腿的「兵」，成為「兵」的符號所代表的戰爭的廢棄品（或「戰廢品」——借用哈金小說的標題）：它們不僅從形體上模擬了殘缺的「兵」乃至於荒涼的墳塚，還從字音上模擬了兵器的亂擊聲（「乒」、「乓」），直到一片死寂中的蕭瑟風

33 陳黎，《島嶼邊緣》，頁一一三—一一四。

聲（「丘」）[34]。對這些字音的強調應該也是這首詩在標題上用了「交響曲」的原因之一。熟悉西方古典音樂的陳黎在寫作〈戰爭交響曲〉時未必沒有聯想到諸如維拉－羅伯斯（Heitor Villa-Lobos）的《第三號交響曲（「戰爭」）》、蕭士塔高維契（Dmitri Shostakovich）的《第七號交響曲（「列寧格勒」）》或者布瑞頓（Benjamin Britten）的《戰爭安魂曲》這些題旨相近的音樂作品。假如說上述幾首音樂作品在龐大複雜的結構中或是描述戰爭的激烈殘暴，或是安撫戰爭引起的心靈傷痛，陳黎譜寫的文字樂曲則用東方式頓悟般的簡化形式直搗戰爭對人類及其身體的戕害，揭示這種戕害的創傷性核心。奚密敏銳地指出了這首詩呼應了古典詩中「一將功成萬骨枯」和「古來征戰幾人回」的隱在典故性，[35]不過這首詩的切入路徑卻不是現實中「萬骨枯」或「幾人回」的淒慘場景，而是漢字本身作為能指符號秩序背後的文字殘骸。甚至這些漢字的讀音也掙脫了原有的能指性，成為零碎、本源的象聲字。從這個意義上來說，張芬齡所言的「〈戰爭交響曲〉成功地結合了影像、聲音以及中國文字的特質，是對戰爭沉默的批判，是對受難者悲憫的輓歌，也是對中國文字的致敬」[36]則更可以理解為對漢字的物質性，對中國「文滓」中內在「搵學」意味的致敬。

陳黎在詩集《輕／慢》中有一系列詩作採用了與〈戰爭交響曲〉相似的拆字法，包括〈國家〉、〈101大樓上的千（里）目〉、〈噢，寶貝〉、〈寂靜，這條黑犬之吠〉、〈秒〉、〈白〉、〈長日將盡〉等。其中〈國家〉一詩從解構符號大他者的意義上看與〈戰爭交響曲〉在同一脈絡上：

冖冖冖冖冖冖冖冖冖冖冖冖冖冖冖冖
豕豕豕豕豕豕豕豕豕豕豕豕豕豕豕豕
豕豕豕豕豕豕豕豕豕豕豕豕豕豕豕豕
豕豕豕豕豕豕豕豕豕豕豕豕豕豕豕豕
豕豕豕豕豕豕豕豕豕豕豕豕豕豕豕豕
豕豕豕豕豕豕豕豕豕豕豕豕豕豕豕豕
豕豕豕豕豕豕豕豕豕豕豕豕豕豕豕豕
豕豕豕豕豕豕豕豕豕豕豕豕豕豕豕豕
豕豕豕豕豕豕豕豕豕豕豕豕豕豕豕豕
豕豕豕豕豕豕豕豕豕豕豕豕豕豕豕豕

---

34 陳黎本人在朗讀這首詩時對這些聲音的強調也可以佐證。見網址：https://www.youtube.com/watch?v=jZjj5y-7e9Q，（最後瀏覽日期：二〇一六年十二月二十七日）。

35 奚密，〈本土詩學的建立：讀陳黎《島嶼邊緣》〉，見王威智編，《在想像與現實間走索：陳黎作品評論集》，頁一六七。

36 張芬齡，〈《親密書：英譯陳黎詩選》導言〉，見王威智編，《在想像與現實間走索：陳黎作品評論集》，頁一八〇。

豕豕豕豕豕豕豕豕豕豕豕豕豕豕豕豕
豕豕豕豕豕豕豕豕豕豕豕豕豕豕豕豕
豕豕豕豕豕豕豕豕豕豕豕豕豕豕豕豕
豕豕豕豕豕豕豕豕豕豕豕豕豕豕豕豕
豕豕豕豕豕豕豕豕豕豕豕豕豕豕豕豕
豕豕豕豕豕豕豕豕豕豕豕豕豕豕豕豕
豕豕豕豕豕豕豕豕豕豕豕豕豕豕豕豕
豕豕豕豕豕豕豕豕豕豕豕豕豕豕豕豕
豕豕豕豕豕豕豕豕豕豕豕豕豕豕豕豕
豕豕豕豕豕豕豕豕豕豕豕豕豕豕豕豕
豕豕豕豕豕豕豕豕豕豕豕豕豕豕豕豕
豕豕豕豕豕豕豕豕豕豕豕豕豕豕豕豕
豕豕豕豕豕豕豕豕豕豕豕豕豕豕豕豕
豕豕豕豕豕豕豕豕豕豕豕豕豕豕豕豕[37]

當「家」裂變成某種殘缺頂篷覆蓋「宀」下的家畜「豕」，符號意義上的國家便喪失了神聖的光環，暴露出去勢的可憐面貌。這一首以圖像詩的方式繪製出豬圈般的效果，也可以說是揭示出符號能指下具有廢棄性的文字／文滓內核。對於〈戰爭交響曲〉和〈國家〉而言，「搵學」意味著文字由於被「搵」去的漢字部分筆劃而凸顯，被塗抹後的漢字便形成了文字的灘塗。

從主題上來說，在陳黎的作品中與這首〈國家〉意味相近但異曲同工的還有〈饒舌歌〉一詩，將某種特定的國家概念歸結為紊亂的文字／文滓之間的穿插、翻轉與裂變：

中華民國萬歲
中華民國人民萬歲
中華民國人民共同萬歲
中華民國人民共和萬歲
中華人民共和民國萬歲
中華人民共和國民萬歲
中華人民共和國萬歲

37 陳黎，《輕／慢》，頁一〇一。

中華人民國共和萬歲
中華人民國共不和萬歲
中華人民不和國共萬歲
中華人民不和國萬歲
中華人民國不和萬歲
中華民國人不和萬歲
中華民國不和人民萬歲
中華民國不和人民國萬歲
中華民國和人民國不萬歲
中華人民國和民國不萬歲
中華人民國不和民國萬歲
中華人民國不和國民萬歲
中華人民國共和國民萬歲
中華國民國共和人民萬歲
中華民國國共和人民萬歲
中華民國共和國人民萬歲

中華人民共和國民國萬歲
中華人民共和國國民萬歲
中華人民共和國國萬歲
中華人民共和國萬歲
中華／人／民／共和／國萬歲
中華（人）民（共和）國萬歲
中華　　　民　　　　國萬歲
中華民國在中華人民共和國萬歲
中華人民共和國在中華民國萬歲
中華人民共和國在台灣萬歲
中華人民國在台灣共和萬歲
中華人民在台灣國共和萬歲
中華人民在台灣共和國萬歲[38]

38 陳黎，《我／城》（台北：二魚文化，二〇一一），頁二一九—二二一。

如果說〈國家〉將一個基本的能指符號刪減或凝縮到它的創傷核心，那麼〈饒舌歌〉則將兩個貌似更有特定所指的能指符號──「中國民國」和「中華人民共和國」──連同將它們神聖化的語詞「萬歲」一起作了駁雜化甚至諷刺性的處理，撩撥出能指滑動過程中可能遭遇的各種令人不安語誤、錯亂，以至於這兩個貌似莊嚴的能指符號不僅經由自身的各種變奏形成各種荒誕錯位，喪失了其穩定所指，而且還難捨難分地糾纏在一起，互相拒斥，互相扞格。很顯然，「中國民國」和「中華人民共和國」各自蘊含的國族主義在文字充滿了盈餘快感的瘋狂展演中變得不知所措，詞序、句法及其可能產生的意義等都亂得無法收拾。特別是最後四行間還夾雜了另一個同樣充滿了國族主義意識形態的符號能指「台灣」，更加凸顯了符號大他者所試圖掩飾的創傷性真實（traumatic real）無法阻擋絕爽「小它物」從中迸發而出。這裡，創傷性真實便是符號能指間難以彌合的深淵般罅隙，它們構成了陳黎詩試圖拷問的黑暗核心。

我們不能不把這樣的詩作看成是符號能指被沖刷之後形成的文字「灘塗」，用拉岡的話來說，就是形成了一片在知識（意義、話語體系……）和絕爽（非意義、創傷經驗……）之間的沖積地帶，鋪展出神聖符號的殘骸。可以看出，在陳黎的詩作中，「搵學」的擦拭不是使得語言符號秩序更加乾淨有序，而是在擦拭的過程中抹出了更多「文滓」，或者說，暴露出更多符號域下的真實域殘渣。正是在此處，可以看出本文涉及的諸多概念──搵學、塗抹、擦拭、灘塗、廢棄、文滓——彼此之間的呼應與連接。搵學意味著文字不是作為符號域規範建構的能指，而是在互相塗抹（覆蓋疊加）和擦拭（刪減消泯）的過程中逼近了真實域的混沌狀態。這種塗抹和擦拭的狀態恰恰也是灘塗的特性，因此文字在這樣的灘塗樣貌中成為被沖積的廢棄物，文字呈現為文滓。這正是我們觀察陳黎寫作「文滓學」的基本面向，即作品如何展開於規範的符號域能指朝向廢墟般的真實域文字的轉化過程中。如果回到「後現代」的論旨，也可以說，陳黎通過他「搵學」寫作（或文字「灘塗」），展示出現代性符號秩序的創傷與深淵。

結語

顯然，陳黎的後現代寫作並不是純粹的文字遊戲或形式雜耍，而是蘊含著一種深刻的國族與文化關懷，蘊含著對創傷經驗與碎片歷史的不懈探索。對寫作形式的開拓，引向的是對文化精神的開拓，亦即通過塗抹或擦拭那個貌似聖潔的能指秩序，直面並叩問深不可測的精神廢墟。由此可見，陳黎的「搵學」須被理解為某種文化除魅的過程——這裡，「魅」指的不是詩的神秘，而是建立在語言體系上的意識形態擬相——這也正是「文字灘塗」這個表面上頗具負面形象的隱喻所最終體現的積極向度。

第三章

陳克華詩的語言僭越與身體政治

與驅力絕爽的無盡遊戲

討論陳克華的詩，似乎不可避免地要討論到陳克華詩中大量涉及的性與身體書寫。這僅僅是對現代文明的否定，對社會法則的解除，和對原始純粹生命本質的回歸嗎？通過拉岡有關「驅力絕爽」（jouissance of the drive）的論述，我們可以觀察陳克華詩中這種標記著陽具快感的絕爽如何同時具有違越和荒謬的效應。假如「驅力絕爽」在陳克華詩裡一方面衝擊了主流的優雅、典雅美學，另一方面也揭示了自身的病態、污穢，那麼病態與污穢就不是簡單地驅逐了優雅與典雅成為正面的價值，而是在體驗墮落的過程中顯示出生命與社會的荒謬。同時，陳克華的性與身體書寫並不單純關乎於自然的肉體本身或個體自身，也以其無法避免的能指性成為當代政治社會的隱喻。因此，我們也不可忽略陳克華身體詩學的政治向度，即如何通過語言和身體的雙重異化，表達文化抵抗的不妥協態度。陳克華新詩寫作的語言對抗和僭越了傳統語言模式，而這種「語不驚人死不休」的語言態度又衝擊了主流意識形態。「驅力絕爽」作為一種真實域的快感深淵，成為主體在無盡遊戲中所環繞、執迷的對象，也體現出陳克華詩學中反諷意味的所在。

絕爽（jouissance），是拉岡學說中至為關鍵的概念，拉岡發展了佛洛伊德關於「最痛苦的經驗卻可以感受為具有高度快感」[1]的理論，揭示了作為快感的絕爽所具有的「不快」與創傷感。絕爽是由大他者的意指缺失所標明的，因此陽具絕爽關聯著作為缺失的去勢。勃起的男性性器一方面意謂著作為喪失的絕爽客體，另一方面也意謂著一種對缺失的欲望形象。但絕爽的概念並不意指欲望，而是欲望的目標—原因，與驅力（drive）直接相關。超我的道德力量實際上是從未滿足的驅力那裡來的（驅力意味著圍繞著絕爽的創傷內核的重複運動）：「所有從絕爽轉移到禁制的，都產生出禁制力量的遞增」[2]，絕爽的不足使得道德超我產生出更多新的禁制。而拉岡晚年更傾向於把絕爽視為超我發出的「去爽！」的律令，這個律令把禁慾與淫穢結合在一起。從這個意義上說，陳克華的詩一方面通過對於身體絕爽的超量表達（按照拉岡的說法，絕爽本來就是一種剩餘絕爽，surplus jouissance）挑戰了傳統道德超我的偽善與禁錮，另一方面也揭示了超我本身內在的淫穢和污濁特質。

1 Sigmund Freud, *Beyond the Pleasure Principle. SE*, 18: p. 17.

2 Jacques Lacan, *The Seminar of Jacques Lacan. Book 7: The Ethics of Psychoanalysis (1959-1960),* trans.Dennis Porter (New York: W. W. Norton), p. 176.

器官絕爽／陽具絕爽（phallic jouissance）的悲喜劇

毋庸諱言，身體書寫在不少陳克華的詩中呈現出顛覆既有社會價值觀的傾向。代表性的作品如〈不道德標本〉：

> 乳暈紅。屁眼紫。鬢角灰。眼袋藍。
> 淚銀。唇或陰唇黑。臍褐。龜頭紫。頰桃。
> 眉心綠。眼白。精液黃。舌桃。血黑。痔瘡紅。
> 胎記粉。瘀靛。糞豬尿青。眼圈灰。[3]

這裡，「屁眼紫」、「龜頭紫」、「糞豬尿青」、「陰唇黑」、「痔瘡紅」、「精液黃」等不雅身體意象，「頰桃」、「舌桃」、「眉心綠」、「鬢角灰」、「淚銀」等富於傳統詩意的身體意象，「血黑」、「眼袋藍」、「眼圈灰」等另類化處理的身體意象，「眼白」這樣近乎大白話卻又用法反常的身體意象，以及「乳暈紅」這樣雖不污穢但也足夠情色的身體意象混搭在一起，成為一幅身體器官的拼貼畫（collage）。這樣零散無法整合的身體器官，也令人聯想起拉岡稱為涉及了「碎片化身體」（fragmented body）[4] 的波希（Hieronymus Bosch）繪畫。不過，對於拉岡而言，「碎片化身體」是對自我（ego）整體形象的威脅，是自我內心恐懼的表徵。陳克華在這裡以表列方式呈現出來的並沒有任何的恐懼意味，而是各身體器官及其色彩的一場展覽。〈不道德標本〉這個標題也清晰地標明了對主流道德體系的違逆。無論如何，這些身體碎片已不再可能拼合成完整的肉身自我，甚至也無法形成完整的符號結構，而是在其無盡的符號性衝突間令人瞥見真實域的魅惑面貌。換句話說，「屁眼紫」、「龜頭紫」、「糞豬尿青」、「陰唇黑」……這樣的意象作為與其他意象產生錯位的不可能符號時，便具有了「局部客體」（partial objects）所具有的絕爽特徵。

「局部客體」正是無法回到幻覺的自戀主體的那些真實域的殘渣碎片，當然也就是拉岡稱為「小它物」（*objet petit a*）的，本身就是絕爽的具體體現。

早在一九八六年，陳克華的詩〈我撿到一顆頭顱〉就探索了以身體器官為標誌的「局部客

3 陳克華，《善男子》（台北：九歌，二〇〇六），頁八三。陳克華在另一本詩集《美麗深邃的亞細亞》裡另有同題的〈不道德標本〉詩一組。

4 Jacques Lacan, *Écrits: The First Complete Edition in English*, trans. Bruce Fink, p. 78.

體」，而這些「局部客體」的首要性在於它們斷絕了交合與協和的可能。陳克華在這首詩裡對一系列「局部客體」的迷戀，也就是來自不斷圍繞的驅力（drive）的絕爽，體現在不厭其煩地述說這些個別器官的獨立運作。全詩記敘了「我」一路上撿到的種種令人心悸的器官部位：手指、乳房、陽具、頭顱、心臟……，而這些器官部位在詩中也關聯著唇、鼠蹊、小腹、瞳、眼睛、肌肉、眼袋、額頭、頰、頭蓋骨等。這首詩中的那副撿到的陽具「突兀／龐然堅挺於地平線／荒荒的中央——」[5]，有如史蒂文斯詩中位於萬物之巔的壇子，但充滿了勃發的生命力。不難看出，陳克華在這裡是將自慰歸於自慰：絕對、純粹的陽具絕爽——甚至可以說，這副路上撿到的陽具就是被閹後棄置的陽具，是被禁毀的絕爽象徵。儘管有「遠處業已張開的鼠蹊正迎向我／將整個世紀的戰慄與激動／用力夾緊」[6]，而「鯨軀的噴泉」[7]也模擬了射精的場景，但這個場景顯然是幻想和自慰性的，缺乏真正的欲望客體（更不要說主體本身也以局部客體的面貌出現）。紀傑克曾強調，正是因為性關係的不可能，絕爽才只能是自慰性的[8]。器官，也就是部分客體，占據了陽具絕爽的關注視野。之所以稱為陽具絕爽，是因為絕爽本身就是快感的失敗，如同陽具符號在拉岡理論中意味著去勢，也同時意味著對陽具的否定。可以說，在這首詩中，局部客體的悲劇性被喜劇化地表述了。這些器官零落在地上，有如災難後的景象，雖各自依舊無用地生機盎然，卻無法拼合到有機體上。絕爽成為絕爽的不可能，局部客體永久地切斷了與完整一體的連結，而陽具符號也永久地阻隔於它的欲望對象。

也可以說，陳克華詩中的絕爽意味絕非簡單的身體解放，而是深深烙上了創傷的痕跡。在他其他與身體寫作相關的詩中，我們也可以體會到類似的傾向。在〈「肛交」之必要〉、〈保險套之歌〉和〈請讓我流血——愛麗絲夢遊陰道奇遇記〉等詩裡，器官絕爽達到了創傷性快感的極致，陳克華以淋漓盡致的語言風格揭示了身體的感性深淵：

我們從肛門初啟的夜之輝煌醒來
發覺肛門只是虛掩
子宮與大腸是相同的房間
只隔一層溫熱的牆
我們在愛慾的花朵開放間舞蹈[9]
（〈「肛交」之必要〉）

---

5 陳克華，《我撿到一顆頭顱》（台北：漢光，一九八八），頁一〇。
6 陳克華，《我撿到一顆頭顱》，頁一一。
7 同上。
8 Slavoj Žižek, *The Plague of Fantasies* (London: Verso, 1997), p. 65.
9 陳克華，《欠砍頭詩》（台北：九歌，一九九五），頁六八。

或者：

讓我流血流血
流血繼續流血以証明我是一名稱職的處女
以你男性的堅硬和尖銳
展示你巨大的胃囊森然的牙
溫暖的肛門和暢通的直腸
還有你肥腫的腦葉和煽動的鼻——
（〈請讓我流血——愛麗絲夢遊陰道奇遇記〉）

和〈我撿到一顆頭顱〉就一樣，在這兩個例子裡，陳克華密集地寫到了各種身體部位和器官，特別是那些隱秘或污穢的部位，並且作了行為上的極端處理。當然，還不止於此。〈「肛交」之必要〉裡「……初啟的夜之輝煌」的句式本來合乎常態意義上的抒情模式，但在「肛門」的語境下產生出強烈的衝突感；同樣，〈請讓我流血——愛麗絲夢遊陰道奇遇記〉的「陰道」、「流血」、男性的「肛門」、「直腸」等在「稱職的處女」的背景上才更襯托出不潔和色情的衝擊力。也可以說，對創傷性快感的體驗有如對抒情主體的一場凌遲，身體各部位被斷續地、零散地切割開，但不只是展示痛楚，而是展示抒情化（對情感的符號化）過程中不可遏制地洶湧而出的真實域潛流。

因此，我們應當在這樣的背景上去理解，在陳克華詩裡體現了絕爽意味的局部客體有著怎樣的結構與解構功能，即局部客體本身的空洞或喪失，這種空洞或喪失並非亟需填補的欲望缺失，而是一種本質的虛無。從這個意義上，我們不得不關注到陳克華思想中占據重要地位的佛教「性空」觀。他一九九七年出版過名為《新詩心經》的詩集，二〇一一年在花蓮的松園別館舉辦過題為「我的曼陀羅」的攝影展。二〇〇八年，他在一本裝幀印刷摹擬佛經的詩集《我和我的同義辭》的〈自序〉裡解釋「我」的雙面性時說：「我時時一面讚嘆佛理之純真奧妙，嚮往出世間法的大智解脫，卻一面可以日日在交友網面上連流〔sic〕忘返。」。也可以說，「色」與「空」的辯證關係是陳克華詩歌寫作的觀念核心之一。《新詩心經》中直接引用了「色不異空／空不異色／色即是空／空即是色」的經文，[10] 還有〈照見五蘊皆空〉一詩中「而我們真的火災不自覺的匱乏感裡／由匱乏當中／生出五官」[11] 和〈無受想行識〉一詩中「譬如有人摑了

10 陳克華，《新詩心經》（台北：歡熹，一九九七），頁四六—四八。

11 陳克華，《新詩心經》，頁三七。

你一巴掌／無論如何你說：／這痛是真實存有。／／是的／連這痛你也不能真的確信」[12]這樣的詩句。從生命中思考虛無，從靚麗中觀察腐朽，這才有了像〈潰爛王——皮膚〉這樣的詩：

潰爛是神性的花
悄悄，第一朵開在你羞怯的鼠蹊
……
誰知你卻悄悄潰爛了，潰爛是
內在的，一直到皮膚開出一朵
璀璨華美的花來
「潰爛之花呢……」
而你竟是摩訶迦葉的微笑
恆河之水中的無數屎溺殘屍
也將比不上這場莊嚴花事

潰爛罷，這廣袤人世三界六道
必然之成之住之壞

之空中你不禁虛無了的虛無地報以微笑[13]

詩中直接提及了摩訶迦葉的名字，三界六道的觀念，而對「潰爛」、「屎溺殘屍」與「神性」、「虛無」之間的關係也揭示得淋漓盡致：「璀璨華美」與「潰爛」之間並沒有一條明確的界限，正如「色」與「空」無非是莫比烏斯帶（Möbius strip）的兩面。而這樣的佛教觀，與拉岡關於絕爽遭禁的空無核心的論述雖然側重不同，卻有一定的相應性。在這裡，符號域無法操控的創傷性快感反過來體現出「神性」，但這種「神性」不是完美的、永恆的終極，反倒是絕爽所體現的虛空（或作為虛空的絕爽）。在陳克華的詩裡，越是高漲、極致的絕爽就越體現出它的否定意味，比如在〈重蹈〉一詩中：

然後節目只剩下高潮
複製著高潮
：

12 陳克華，《新詩心經》，頁六九。
13 陳克華，《美麗深邃的亞細亞》（台北：書林，一九九七），頁七二—七三。

高潮高潮高潮高潮高潮高潮高潮　我
高潮高潮高潮高潮高潮高潮高潮高潮高潮　如
高潮高潮高潮高潮高潮　何
高潮高潮高潮　向
高潮高潮高潮高潮高潮高潮高潮高潮　你
高潮高潮高潮高潮高潮　說
高潮高潮高潮高潮　明
高潮高潮高潮　我
高潮　早
高潮高潮高潮　已
高潮高潮高潮高潮高潮　不
高潮高潮高潮高　相
高潮高潮高潮高潮高潮高潮　信
高潮高潮高潮高潮高潮高潮高潮高潮　愛
情。[14]

在這首詩裡，高潮的不斷重複產生了機械的效果，充分體現出「節目只剩下……」的，「複製」的特性。在重複「高潮」的旁白中，鑲入了「我如何向你說明我早已不相信愛情」的字句，更是撤空了「高潮」的人性光環。我也傾向於把這首的的標題〈重蹈〉解讀成「重複的踩踏」；或者，即使從「重蹈覆轍」的意義上來說，這種連續的、「重蹈」之後的「重蹈」，必然是跟「覆轍」聯繫在一起。這種重複或者類似重複的手法在陳克華詩中多次出現，通常也是為了達到強烈、滿溢的效果。〈濃夜裡，有人快跑過操場〉這首詩，先從標題上諧音了「濃夜」和「濃液」，詩的內文也充斥著創傷性快感的連續表達：

濃夜裡，有人快跑過操場
足音傳自地下廣大的貯屍間裡：
快生。快生。生殺
殺殺。殺生。快殺　　底密碼節奏彷然
從小便池的黃色中溢出
但群樹已罰站在濃夜裡很久了

---

14 陳克華，《善男子》，頁五四—五五。

裸體飄浮於液體的眼睛
嘴，舔吃著胃嘔出的食物
急馳過操場的腳步以
促促。促轉。促促。促無　的密碼節奏
趕去那已失修的恐怖廁所
將陽具掏進每一個糞便溢滿的瓷缸
沒有一處可再容納些許
潔淨的目光——但

廁所仍舊要上。在暗黃的貯屍糟裡
勇敢地解下年輕的尿液，同樣
巨大的迴聲衝撞著故障的馬桶
同樣窗外必定有雙眼睛
液體般的眼珠在窺望著冒煙的膀胱：
（我上馬桶的姿勢我不能表演的一隻腳

踩在尿裡另一隻腳洗著尿垢洗著的姿
勢有人先跑過操場消失在建築的另外
一頭白色的危樓是巨大的學生宿舍因
為集體施刑而被封閉了那徹夜不眠的
窗燈下學生裸裎著青白的下體在每個
房間門口塗寫成績和夢遺和某種生食
人肉的宣示有人跨進了那棟被因而封
鎖的白色宿舍啊有人不知為何跑進那
早已被咒語與夢封鎖的建築快通知）

快通知夢的巡查員但巡查員
在很遠很遠的操場那頭和他的小學同學
一起練武。以極曖昧的姿勢舞著
槍棍以及　　愛唷。愛育。育愛。愛愛。
　　　　　唷唷。唷愛。愛育。育唷。
的密碼節奏我突然

發現
那由陽具交擊而產生的音樂儼然
就是一切密碼產上的原型

當糞便已經佔據了整座校園
我們必須就在黑色口令下
就地解散一一有人偷偷快速奔跑過
操場彷彿
有大便有小便
又彷彿是地下貯屍間傳來：

我贏。贏哦。哦贏
贏贏。贏我。哦我。有人搶先
衝進已經封閉的滿溢廁所
喊著密碼：
我贏，我贏，我贏了……

陳克華在這首外在形式和內在意念都相當前衛的詩裡所描繪的校園景象布滿了淫穢、污濁與死亡。諸如「舔吃著胃嘔出的食物」、「將陽具掏進每一個糞便溢滿的瓷缸」、「在暗黃的貯屍糟裡／勇敢地解下年輕的尿液」、「液體般的眼珠在窺望著冒煙的膀胱」、「學生裸裎著青白的下體在每個／房間門口塗寫成績和夢遺和某種生食／人肉的宣示」等語句都以異常強烈的與性慾、排泄、病態或死亡相關的身體符號展開一幅幅充溢著絕爽意味的畫卷。除此之外，陳克華在詩中還插入了「快生。快生。生殺／殺殺。殺生。快殺」、「促促。促轉。促促。促無」和「愛唷。愛育。育愛。愛愛。／唷唷。唷愛。愛育。育唷。」等所謂「密碼節奏」的話語，雖然確切意義不明，但或面臨生死關頭，或摹擬急促呻吟，在重複中變化，在變化中重複，不但使「密碼」的意義若隱若現，也造成了「節奏」上的不斷推進強化。再加上「快」和「促」的急催（「促促。促轉。促促。促無」的前一行還提到了「急馳過操場的腳步」），使得整體情緒始終保持在某種高潮的形態。然而，除了從「生」到「殺」的互相抵牾，「愛唷」的叫喚不管是出於情慾還是疼痛，都在「愛育」、「育愛」的嚴正姿態下變得荒謬，而「促……」最後也引向了自我抽空的「促無」。由此我們可以看到，陳克華詩中的絕爽暗合了「絕爽」一詞的雙重含義：當然是絕對、絕頂、絕妙的爽，但同時也是斷絕甚至滅絕了的爽。

15 陳克華，《美麗深邃的亞細亞》，頁九五—九六。

因此，在陳克華那裡，甚至死亡驅力本身也是值得回味的。死亡驅力並不是趨向生命終結，而恰恰是生命本身所呈現的否定狀態，那種不懈環繞寂滅狀態的運動。這是為什麼我們從陳克華的身體書寫中體驗並不是對原始生命力（élan vital）的天真禮讚，而恰恰是對身體所體現的真實域空洞內核的深刻暗示。在這方面，鄭慧如對陳克華情色詩的觀察深具慧眼。她認為，在陳克華的詩中，「猥褻的目的在於喚醒生命裡更深的難堪，包括某些無言以對的時刻，像是死亡。……表面上，作者鉅細靡遺地揮灑文字，暴露各種飽滿的感官意象，最終卻傳達了挫折。越是恣肆猥褻，越是反寫生命的匱乏缺憾。」[16] 其實，從陳克華早年的寫作開始，這種以色情意味為標誌而表達的挫折和缺憾就十分明顯，比如一九八七年的詩集《星球紀事》中〈床〉和〈傘〉這樣的詩：「吸飽了雨水／擱在遺忘的門後，委屈地／疲軟地／／夢遺了」（〈傘〉）[17]，「也不問／流不出的精液和眼淚／都那裏去了——每晚／他們都夢見了一只熟艷的子宮／子宮裏卵和精蟲／安靜地擱淺。」（〈床〉）[18] 也可以說，陳克華色情書寫的強度在於淋漓盡致地展示出驅力的不可抗拒。必須再次強調的是，驅力，即死亡驅力，並不是朝向毀滅的衝刺，而恰恰是局部客體的荒謬重複運動——或者用紀傑克的話來說，是「『主體誕生』的不可能時刻，是用丟棄的身體部位、用一系列代表不死『原慾』的器官來替代現實這種去勢或撤退式否定姿態的不可能時刻」[19]。紀傑克所說的「丟棄的身體部位」幾乎是對陳克華〈我撿到一顆頭顱〉一詩的直接描述。陳克華詩中的器官，無論是散落的路上的臟器，還是散布在詩行裡的各類肌肉〈如下文將要討論到的〈肌肉頌〉〉，都呈現出這樣永遠無法填補空缺——或鄭慧如所說的「生命的匱乏缺憾」——而只能圍繞空缺運動的死亡驅力。通過主動把握這種驅力，陳克華的詩體現了紀傑克所說的「穿越幻想」（traverse the fantasy），即「直面被幻想物填補的空缺、罅隙」，不是「喪失的客體」而直接就是「作為客體的喪失」（loss itself as an object）。[20]

16 鄭慧如，〈一九九〇年代臺灣身體詩的空間層次〉，載李豐楙、劉苑如編，《空間、地域與文化：中國文化空間的書寫與闡釋》（台北：中央研究院中國文哲研究所，二〇〇二），頁四九〇。

17 陳克華，《星球紀事》（台北：時報文化，一九八七），頁二一〇。

18 陳克華，《星球紀事》，頁二〇六。

19 Slavoj Žižek, *The Ticklish Subject: The Absent Centre of Political Ontology* (London: Verso, 2000), p. 52. 紀傑克經常舉的一個例子是卡通片《愛麗絲漫遊奇境》，當咧笑的貓被黑暗吞沒而消失之後，它的笑容依舊懸宕在半空中，抖動不已。

20 Slavoj Žižek, *In Defense of Lost Causes* (London: Verso, 2008), pp. 327-328. 這裡的差別也是紀傑克引自班雅明對「被構成焦慮」（constituted anxiety）和「構成性焦慮」（constituent anxiety）之間的差別。

身體書寫與意識形態批判

陳克華的〈肌肉頌〉一詩將「肱二頭肌」、「比目魚肌」、「股四頭肌」、「大胸肌」、「陰道收縮肌」等二十種肌肉名稱同各種常用語句幾乎隨機地排列到一起。焦桐在論述這首詩的情色意味時指出：「每一種肌肉的表情又都各自戲仿各種廣告、流行語，和標語口號，直接諷刺、批判目標——謊言，一切崇高、道德、國家……的謊言。這種揭發謊言的權力正是通過身體達成的。」[21]的確，這些常用語句有個人性的，也有公眾性的，包括政治習語，比如：

眼輪匝肌。祖國的山河是多麼壯麗。
腓腸肌。快樂嗎？很美滿。
上斜肌。正確的性愛姿勢。[22]

如果說眼輪匝肌（眼皮）跟可見的山河壯麗還有一定關係的話，腓腸肌（腿肚子）跟快樂美滿的關係是斷裂的，上斜肌（亦在眼部）跟性愛的關係也是斷裂的。作為局部客體的肌肉們，本來亦是生機的源泉，被無端地嫁接到了空洞、無序的制式話語叢林中（甚至有關性愛的話語也是制式化的）。在此，這些有機體與話語法則產生了衝突的效果，將可能的絕爽意味帶入了拉岡所說的處在法則背景上的違越功能：「絕爽向度上的違越，只有通過反對原則，通過法則的形式的支持，才會產生」[23]。也可以說，正是這些制式化的話語壓抑使得肌肉的勃發更加具有局部客體的誘惑力，以便跨越話語的柵欄，抵達絕爽的狀態。正是在這個意義上，拉岡強調了聖徒保羅所言的「罪需要法則……從而罪人才可以成為更大的罪人」，因此「我們可以看出欲望和法則之間的緊密紐帶」[24]。正是法則召喚了指向絕爽的違越欲望，在這首詩中，正是日常生活中的種種空洞話語召喚了擾亂常規的、無視法則的、零散無序的肌肉世界，直到最後，宏大話語的潮流終於匯聚成虛無主義的亂流：

咀嚼肌。拳頭，枕頭，奶頭。

21 焦桐，〈身體爭霸戰——試論情色詩的話語策略〉，載林水福、林燿德編，《蕾絲與鞭子的交歡：當代臺灣情色文學論》（台北：時報出版，一九九七），頁二二二。
22 陳克華，《欠砍頭詩》，頁四一。
23 Jacques Lacan, *The Seminar of Jacques Lacan: Book VII, The Ethics of Psychoanalysis 1959-1960* (New York: Norton, 1992), p. 177.
24 同上。

吻肌。你從未感受過虛無嗎？
肱三頭肌。真他媽的虛無。[25]

可以看出，在對身體絕爽不斷重複的呼叫下，法則話語終於退卻，取而代之的是玩世不恭卻同樣空洞的表述。在陳克華那裡，絕爽並沒有烏托邦的功效，違越的顛覆抵達的只是滿足本身的空虛。很顯然，這些肌肉也無法組合成有機的整體，他們僅僅是荒謬地、自顧自地展示著，凸顯出絕爽的痛感維度。

陳克華在許多詩裡出示了至為袒露的性語匯，但在很大程度上，這種性政治的衝擊力並不是通過簡單的淫聲浪語提供的，更不是對淫念的直接膜拜（這一點正可與中國大陸的「下半身」詩歌運動中的某些急迫實踐相對照）。我們在陳克華的詩中——也包括以驚世駭俗而著稱的〈閉上你的陰唇〉和〈肛交之必要〉等——可以清晰地看到性的絕爽以一種滿足和疼痛的雙重意味出現，把「肏」這個字用作連接宏大話語暴力性和快感性的字元：「讓我以凱撒的口吻說：／我來，我見，我被肏」[26]（〈閉上你的陰唇〉），或者「肏，肏，肏肏，肏／我的國，我的家／我的人民萬萬肏」[27]（〈不要戴套子，好嗎？〉，原文黑體）。這裡，性行動替代了可能的崇高語辭，也可以說是另一種方式來彰顯政治意識形態中所蘊涵的快感、痛感、粗鄙、淫穢……。因此，儘管焦桐對陳克華情色詩的論述揭示了其十分重要的面向，即「使用肉體直接去挑戰道德的禁區，以敗德反道德，以猥褻反高尚」[28]，以及那種「另類情慾基本上是話語策略——邊緣話語對主流話語的抗拒」[29]，我仍然不把陳克華詩中的色情因素僅僅看作是一種顛覆性的表達。在這裡，同樣的，陳克華詩的色情策略往往是一把雙刃劍，一方面表達了性（包括另類的性行動）的不妥協和僭越性，另一方面也展現了性的武斷、粗暴、鄙俗，甚至病態。這使得陳克華的粗鄙與大陸詩人楊煉在《豔詩》中呈現的優雅色情形成了鮮明的對照。如果說楊煉詩中的身體哪怕在血腥的場景裡仍然保持著幻美的姿態，而渴望中的「太一」不斷被花俏、活躍的碎片所打散，那麼陳克華則直接出示了未經裝飾的、原生態的零散器官及其運動，以此探詢真實域中無法觸及的人性深淵。

25 陳克華，《欠砍頭詩》，頁四一。
26 陳克華，《欠砍頭詩》，頁六一。
27 陳克華，《美麗深邃的亞細亞》，頁一一四。原文為黑體。
28 焦桐，〈身體爭霸戰——試論情色詩的話語策略〉，載林水福、林燿德編，《蕾絲與鞭子的交歡：當代臺灣情色文學論》，頁二二三。
29 焦桐，〈身體爭霸戰——試論情色詩的話語策略〉，載林水福、林燿德編，《蕾絲與鞭子的交歡：當代臺灣情色文學論》，頁二二四。

在〈我的肛門主體性〉一詩中，陳克華直接將局部客體視為主體化的對象，從對根本幻想的建構開始，而止於對這種幻想的幻想性的揭示：

然而，我的肛門
我們的偉大肛門
今天清楚告訴我，他有擁有主體性
他隨時可以擁有全身上下獨一無二的
內外痣　或
梅毒淋病菜花
可以大量出血
或劇痛或劇癢或生瘡流膿……
……
他有主體性　絕對的主體性
強烈主張
一切的「經過」之主體性
只要帶來更強烈的抽搐、顫抖、撐裂、爽、還要更　爽——

雖然，我們的肛門就只是個洞
雖然，他主張擁有一切主體性[30]

這裡，「主體性」的概念指的不僅是個體的主體存在，而是在特定的語境下更是與某種身分認同的政治意識密切相關。「偉大肛門」和任何偉大民族一樣，可以「擁有」某種「獨一無二」的特性。但不幸的是，這種獨特的「主體性」被比作「內外痣　或／梅毒淋病菜花」，把高尚的政治話語置入污濁和疾病的範疇，揭示出政治熱情與創傷性絕爽之間的隱秘聯繫：「大量出血／或劇痛或劇癢或生瘡流膿」的症狀不僅體現了病態意義上的絕爽，更是政治生活上激情快感的恰當隱喻。因此，那種「絕對的主體性」不但具有理性的「強烈主張」，並且也能感性地「帶來更強烈的抽搐、顫抖、撐裂、爽、還要更　爽——」——那麼，這個主體，指的不管是個體性的subject，還是群體性的identity，都可以放置在拉岡的幻想公式$\$ \lozenge a$裡來考察，以觀察主體（$\$$）面對絕爽（a）的分裂狀態：在「主體性」作為莊嚴的能指符號和作為欲望或病態症狀的所指之間，有一道內在的鴻溝。而後者，正是陳克華許多詩作的突出特徵。

30 陳克華，《善男子》，頁一一六—一一八。

在〈誰是尹清楓〉一詩的第二段「二、是」裡，陳克華還以政治權力與個人命運關係的角度處理了陽具絕爽的題材：

是。長官。是。
請。長官。請您。
蹂躪。是。盡情
地。是的。長官。別。
再猶豫。了。請長官。
卸下。您。手中。和腰間
。已經陳舊。的。
武器。是的。
長官。請您。
蹂。
躪。是的。請
長官。舉起
您胯。間。

那副。
嶄新。大。粗。
硬。是的。夠
有凍頭。的
新武器。儘
情地。
蹂躪。
我罷[31]

「尹清楓事件」是一九九三年發生的一件離奇的命案：海軍武獲室執行長尹清楓之死與高層的拉法葉軍購案有著神秘的關聯，至今仍未破案。而陳克華的詩則從某一個側面考察了權力符號中的性政治意涵。在這段詩裡，陽具被視為「長官」的「新武器」，或者，視為「蹂躪」「我」的工具。被誰視為？第一人稱的聲音代表了權力下層對權力上層的變態祈求，通過在對權力上層的呼叫中，顯示出權力關係的壓迫感。但句號的非常態運用使得祈求的語態產生斷續

31 陳克華，《美麗深邃的亞細亞》，頁一三九—一四〇。

的、強制的效果，也使得「大。粗。╱硬。」的「蹂躪」行為在聲音上獲得了沉重、堅硬和艱澀感。由此，陽具絕爽不是代表了陽具的欲望空缺，而是圍繞著真實域創傷的死亡驅力，而這個真實域便是深不可測的政治黑洞。

這並不是說，陳克華的詩完全缺乏對欲望的表達。如果按拉岡的說法，換喻（metonymy）是一切隱喻（metaphor）的基礎（metonymy exists from the beginning and makes metaphor[32]），那麼作為隱喻的症狀也必然基於作為換喻的欲望才能得以顯現（the symptom is a metaphor,...just as desire is a metonymy[33]）。換句話說，陳克華詩中對於陽具絕爽的極致表達都有一個換喻的結構可以追索。在相當程度上，陳克華是通過對換喻的策略，揭示出符號秩序的語言體系中真實域的絕爽：「我們該如何教導人民樂於以精液洗臉以永駐青春呢？」（〈樹在手淫〉）[34]這樣一個問句的詩行蘊含了多重轉折，但「以精液洗臉」無疑是切入絕爽的關鍵語詞。如果符號秩序可以理解為作為語言體系一部分的標準句法，「我們該如何教導人民」和「永駐青春」便橫跨了主流政治話語與主流商業話語的歷史光譜。不過，連接這一光譜的「樂於以精液洗臉」卻突兀地置換了話語體系所引導的詞語，造成缺漏與錯迕，因為「精液」在這裡顯示為一種語義上的不可能（即使它真的有滋潤皮膚的功效）——儘管從表面上看，它似乎代表了對欲望的肯定。

以同樣的換喻方式，陳克華的詩集《啊大，啊大，啊大美國》集中了一批將政治生態與粗鄙／污穢美學絞合在一起的作品，比如〈我的病歷〉用描寫身體的污濁病態來切入時代病症：

生殖器肛門及嘴唇旁留有菜花燒灼痕跡
臀部有日本太陽旗刺青
常指責別人不愛台灣
……
受虐之配偶姓名：臺灣（自填）
最愛：美國及日本制粗大陽物（自填）
最恨：同性戀、墮胎、外勞、外藉〔sic〕新娘、外省人、外資、藍色群眾、台商、收買了的媒體[35]

---

32 Jacques Lacan, *The Seminar. Book III. The Psychoses, 1955-56*, trans. Russell Grigg (London: Routledge, 1993), p. 227.

33 Jacques Lacan, *Écrits: A Selection* (New York: Norton, 2002), p. 166.

34 陳克華，《善男子》，頁九八。

35 陳克華，《啊大，啊大，啊大美國》（台北：角力，二〇一一），頁八—九。

以及〈請不要再來信訴說花蓮之種種美好〉把性愛高潮及其最鄙俗的用語與崇高的國家口號嫁接到一起：

> 口交我喲使祖國的山河更加的壯麗勞動人民更加的偉大。
>
> ……
>
> ——喔，口交我使我高潮高潮高潮福爾摩莎萬歲Deeper台灣萬歲中華民國萬歲中華人民共和國也萬萬歲高潮高潮高潮高潮高潮高潮高潮高潮高潮Deeper and faster 高潮高潮高潮高潮 faster 福爾摩莎萬歲台灣萬歲中華民國萬歲中華人民共和國也萬萬歲高潮高潮高潮高潮高潮高潮高潮高潮高潮高潮高潮高潮高潮高潮高潮高潮高潮高潮番薯藕仔相幹雜交我幹你老背老母我駛你老母老雞巴高潮高潮高潮高潮高潮高潮高潮高潮Deeper and faster喔喔喔[36]

還有〈二〇〇三台灣愛的進行式〉將政客的允諾與話語放在類似A片的語境中來呈現：

> 是的讓我在你豐沛如鯨的呼吸的對台灣的愛的口水精水淫水乳水中溺斃
> 在水中成長學習一種全新的窒息式性愛

別慢慢屠殺我請細細爽快我
……
於是尹清楓的陽具你必須細細吸吮
那是我們在二〇〇三對台灣獻上的愛的日月精華
（我噴在你臉上好嗎？）
那是我們偉大的台灣人民必將的得勝得勝又得勝
（我可以有這個榮幸吞下你的精液嗎？）
那也是民主人權時代的高潮高潮又高潮
（我可以說別歧視我請鞭打我嗎？）
那也將會償還我們騙拐掠奪原住民土地的罪惡
（我快了快了快要了……）
那時我們應該抽出還是繼續狗公腰地抽送抽送抽送抽送送送送
爽。[37]

36 陳克華，《啊大，啊大，啊大美國》，頁一七。
37 陳克華，《啊大，啊大，啊大美國》，頁四五。

以這三首為例，我們可以看到，莊嚴符號語境下的話語元素，比如「愛台灣」、「中華民國萬歲」、「民主人權時代」，等等，與遭到置換後的粗鄙／淫穢語彙或行為耦合在一起，曝露出國族政治與意識形態範疇中的創傷性快感（這種快感的具體表現，我們在各種嗆聲遊行、造勢大會……的集體狂熱中已經屢見不鮮）。因此才有〈二〇〇三台灣愛的進行式〉裡將「對台灣獻上的愛的日月精華」類比於「噴在你臉上」，「我們偉大的台灣人民必將的得勝得勝又得勝」關聯到「有這個榮幸吞下你的精液」，「民主人權時代的高潮高潮又高潮」經由「別歧視我」引向「請鞭打我」……。由此可見，在語言僭越的背後，陳克華詩的身體政治意在解構對主流話語，通過對污穢、色情、粗鄙的盡情表達，揭示了真實域的創傷與快感。

第四章

歷史與文化的創傷內核

試論陳大為

在詩集《靠近 羅摩衍那》的後記裡，陳大為把他的四部詩集總結為「遠古的神話中國（《治洪前書》），解構的歷史中國（《再鴻門》），華人移民的南洋史詩（《盡是魅影的城國》），馬來西亞多元種族文化與地志書寫（《靠近 羅摩衍那》）」。可以看出，陳大為詩歌書寫的興趣（從題材而言）始終集中於歷史範疇，將歷史人物與事件以他獨特的方式建構成某種文化符號。正如楊宗翰所言，陳大為將歷史背景「一一歸還其原本的符號性」，使得「『中國』或『中國文化』回歸到『符號』層面」[1]。而這樣的符號性，也正是拉岡理論中的符號大他者（the symbolic Other）：也可以說，陳大為的抒情主體是臣服於歷史積澱的文化他者的，這個文化他者以宏大歷史話語的面貌註定了主體在這套語言體系中的（拉岡意義上的）異化（alienation）。也就是說，我們在陳大為的詩中其實從來看不到傳統意義上的抒情詩——那種通過文本建立一個理想自我（ideal-ego）形象的努力，因為陳大為的主體是無可救藥地陷入了歷史文化符號的框架內的。這個歷史文化符號框架之所以是一個他者，並不是因為陳大為的身分認同立足於中國或馬來西亞，從而另一種文化以他者的面貌出現在他的詩裡；而是文化本身必然以一種他者的話語秩序成為主體的無意識存在。

（後）現代視野下的傳統文化他者

但這個抒情主體與文化他者的能指結構之間的關係並非如此簡單——僅僅是建構與被建構的結構關係。我們甚至可以斷定，抒情主體所面臨的這個他者本身就是一個空缺、匱乏的他者——無論是中國的歷史傳統還是南洋的中華文化也都必然也是千瘡百孔的體系。那麼，不僅建構主體的是他者的空缺，而且主體的命運便在於對這種空缺的蠡測——這也是為什麼拉岡說，主體的欲望便是他者的欲望——而在陳大為的詩裡，我們可以看到抒情主體的聲音穿行在這個文化他者符號秩序的縫隙裡，是對這種空缺的指認。江弱水在〈歷史大隱隱於詩：論陳大為的寫作與新歷史主義〉一文中說：「陳大為最為拿手的寫法，是不斷逼問歷史所謂秉筆直書的神聖性，使之窘迫地破綻百出。」[2]

比如，《治洪前書》裡的〈招魂〉一詩重新書寫了屈原的忠烈史。在結尾處，陳大為這樣寫道：

---

1 楊宗翰，〈從神州人到馬華人〉，《中外文學》第二九卷第四期（二〇〇〇年九月），頁九九。

2 江弱水，〈歷史大隱隱於詩：論陳大為的寫作與新歷史主義〉，見《台灣詩學・學刊六號》，頁一一一。

果然質疑不例行投江公式的你
。漁夫撿回曆年的詩篇來考據
「怎麼可能招魂，統統都是：
一廂情願的虛構罷了。」[3]

作為千百年來規範著我們思維的文化體系的一部分，屈原的故事被描述成一個遭到質疑的「例行投江公式」，因為這個他者的符號體系無非是「一廂情願的虛構」，或者也可以說，從根本上而言是對填補的召喚。而陳大為詩裡的抒情主體也只能以自身的空缺來填補這個他者的空缺，不僅無法在詩中完善屈原的神話，甚至更徹底地揭示了神話的虛構特性：

「我不必投江嗎？」「嗯。
雖然詩篇們都忍不住有這幕
安排，讀者們都在等待……」
「那我就不是他了」「你不
過是創生於我的腹語木偶」[4]

很顯然，這段對話出現在作為文化大他者的屈原（神話）與文化主體之間：屈原的角色被揭示為「大他者並不存在」的又一例證，他只是被創造的傀儡，是「腹語」的產物。也可以說，本來主體「我」應當是這個大他者腹語的產物，是作為他者話語的無意識；但這個互相纏繞的怪圈反過來意味著大他者必須成為主體「的腹語木偶」，意味著大他者只能變異為小它物（objet petit a），被主體創造為他的欲望對象。這個對象的確也是原因，但它卻是被回溯性地建構的原因——也可以說，沒有它的結果——作為文化主體的我們——這個原因就並不存在。這顯然就是「創生於我的腹語木偶」的根本意義。因此，屈原（及其傳奇）成為對於我們的一種（創傷性的）「凝視」——這個他者的深淵，不是文化規範的表徵，而是創傷內核的體現。不難發現，陳大為的修辭往往處於一種密集的、盈餘的狀態（就這一點而言，陳大為與常常被齊名的唐捐頗有可比之處）。比如：

你暗中豢養在楚辭
隨時出動的八尾虯龍。盤踞著大

3 陳大為，《治洪前書》（台北：詩之華，一九九四），頁四〇——四一。
4 陳大為，《治洪前書》，頁四一。

道廢棄的時空。
……
有讒言如暗箭埋伏，政治陰冷
的病毒已完成對君主的部署；
衢道，都是妖鳥在飛舞[5]

用「暗中豢養」這樣的詞語，標明了屈原自身與其周遭環境（「暗箭」、「病毒」、「妖鳥」……）的呼應。甚至，每年端午受到紀念的屈原被描繪成「你連年投沉的兩千多具雷同的憂鬱造型」[6]，不僅用「造型」突出了屈原投江的姿態性或表演性，也用量詞「具」暗示了英烈身體符號其實是早已是死屍。屈原作為我們文化他者中極為崇高的宏大能指，一方面呈現出空洞的、虛構的面貌，一方面也呈現出某種威脅、可怖——這個後者自然本來就是「崇高」（sublime）美學的一個面向。而這種美學上的「崇高」，恰好也體現了心理上的「絕爽」（jouissance）：二者都標誌著快感（pleasure）與痛感（pain）的奇妙混合。

陳大為詩裡的符號他者，作為中華文化的象徵，也曾經是中國現代性話語的基本建構。比如，屈原這個形象在郭沫若的劇本《屈原》（一九四二）裡被塑造一個具有鮮明國族意識的英雄，從理念上代表了對於國族身分符號的強烈認同。然而在劇中，屈原其實是一個瘋言瘋語的狂人，特別是在全劇結尾處滿嘴噴吐這暴力侵犯的囈語，體現出不可遏制的真實域洪流衝破了符號體系的規範。但不容否認的是，郭沫若的《屈原》，和他的其他作品一樣，致力於體現權威的理念化他者（儘管是一個暴露出千瘡百孔的他者）。而陳大為則乾脆潛入這個符號內部的黑暗核心，挖掘出它的絕爽質地。

匱乏與絕爽，可以說是陳大為詩的一體兩面——絕爽不過是以創傷性快感的空無來替代大他者被去勢的匱乏。〈摩訶薩埵〉一詩的結構與〈招魂〉頗為類似，也是第一節編號為「0」，然後從「1」開始循序，最後一節卻又返回「0」。這樣的輪迴，似乎暗示了從無到有再回到無的過程。假如佛教是馬來西亞華人所接受的從印度傳入中土的中華文化的話，對於陳大為來說，摩訶薩埵的符號也可以說是他者的他者。所謂的無，在第一節裡用「未皈依的問

---

5 陳大為，《治洪前書》，頁三七—三八。

6 陳大為，《治洪前書》，頁三六。這句詩讓我想起我自己的詩句「杜十娘的空中定格／在相紙上無窮擴印」（〈繼續向上〉，見楊小濱，《穿越陽光地帶》〔台北：現代詩社，一九九四〕，頁七八），還有周倫佑的詩句「——陶淵明悠然見南山的姿勢／——王維松風吹解帶的姿勢」（〈自由方塊〉，見《周倫佑詩選》〔廣州：花城出版社，二〇〇六〕，頁一二五）。

號」、「沒攜帶對白」、「假設的」[7]這樣的字眼首先將大他者的形象加以鏤空，凸顯他者符號的匱乏面貌。也就是說，作為主人能指的摩訶薩埵從一開始便是一個欲望他者，直到第二節仍舊以「故事的草稿」[8]呈現出等待填補的空缺狀態。因此，同樣的，中間段落的那種盈餘的絕爽本身就是這個空缺的另一個表現，以「有」的形態展示出「無」的本性：

> 母子虎群用骨撐著皮，
> 死神已粉墨於胃壁，除非血
> 、除非肉的輸入。[9]

於是在第四節裡，「色」達到了極致，達到了「空」的高度：

> 卻非殺機，匕首在崖邊接到
> 的是涅槃訊息！你已上緊至
> 善的發條，皮囊貶值成空幻
> ；不躊躇、不思量、不評估
> 影響。血把匕首焊在頸項，

你跨出懸崖跨入涅槃。

可以看出，這首詩裡的蘊含的佛教義理——關於「色空」或「有無」——恰好應和了絕爽與空缺的辯證法。「皮囊」與「空幻」之間的禪意被強化和鋪展了。可以看出，在這些段落裡，「骨」、「皮」、「血」、「肉」、「頸項」等局部客體（partial objects）被纏繞在「殺機」、「匕首」、「上緊……發條」、「焊」等行為／物件上，標示出創傷性絕爽的強度。最後，「跨出懸崖」的行動達到了高潮，因為在這個絕對的險境裡，「跨出」凸顯了絕爽的「超出」（excessiveness），而這種超出便意味著寂滅。換句話說，「跨出懸崖」的行動在降臨深淵的同時也直面了虛無。具有昇華意義的菩薩符號就不再單單是完美聖潔的象徵，那種超越性變成了超出、過度、過分，而包含在其中的，正是各種局部客體不可符號化的展演，既充滿血污，又標誌著絕對的匱乏。

7 陳大為，《治洪前書》，頁七七。

8 陳大為，《治洪前書》，頁七七。

9 陳大為，《治洪前書》，頁七八。

在現代文學經典中，佛教的文化符號並不是闕如的。〈摩訶薩埵〉的標題令我聯想起施蟄存的小說《鳩摩羅什》（一九二九）：高僧鳩摩羅什的符號意義或與摩訶薩埵可有一比。儘管施蟄存是「現代派」的代表作家，他的寫作本身並不是完全脫離五四以降的現代性觀念的。在弗洛伊德性心理學的理論指引下，施蟄存發掘了鳩摩羅什的凡人欲望以表現一個聖徒也無法壓抑的本能衝動，從而肯定人性中赤裸裸的原欲。這樣的理念實際上是將浪漫主義的人性解放理想推向了極端，因此對於聖徒形象的翻轉只是更加肯定了聖徒的人性，從而否定了那種虛假的神性。在小說的結尾有這樣的描寫：「他的屍體和凡人一樣地枯爛了，只留著那個舌頭沒有焦朽，替代了舍利子留給他的信仰者。」也就是說，真正永恆（「沒有焦朽」）的不是代表了精神的舍利子，而是代表了欲望的舌頭。但這無疑是現代性對身體的神性崇拜。換句話說，身體變成了一個新的符號他者，一種理念的構架，它的「信仰者」同樣忠誠。這就是拉岡所說的「薩德式的準則」，它也「是從大他者的嘴裡宣布出來的，在這方面比訴諸於內心的聲音要更加誠實」[10]。因此，正如同康德所代表的精神和薩德所代表的肉體都是大他者的法則，道行高深的鳩摩羅什與肉慾橫流的鳩摩羅什也同樣是符號化的自我理想（ego-ideal）。

陳大為的詩在處理佛教題材時並沒有用身體的神性來替代精神的神性。他詩中的摩訶薩埵還糾纏於第五節中的「墜崖」、「壓傷」、「痛哭」、「折壽」、「殘廢」、「凶獸」、（鮮血）「潑染」[11]等深具創傷性意味的語彙，暗示出死亡驅力的巨大力量——這個死亡驅力恰恰並不引向永恆的毀滅（飼虎），而是在對虛無的一次次君臨的過程中完成某種循環往復的繞行。這首詩不僅最後一節與第一節同樣編號為「0」，而且結尾的那一句也基本是全詩首句的重複：「很佛的大悲插畫，煽情在莫高壁上」[12]。因此，陳大為詩中的金剛聖者形象不僅是空缺的大他者，也是體現了驅力圍繞的創傷性絕爽。在創傷性絕爽的核心，我們感受到的「煽情」成為對虛擬的指認。而大量涉及摩訶薩埵故事的（敦煌莫高窟）壁畫本身大概也是大他者符號虛構性的另一個表徵。

和傳統繪畫一樣，傳統詩也是一種對符號他者的建構。陳大為寫過數首以古典詩本身為題材的詩（收於詩集《盡是魅影的城郭》）：〈大江東去〉、〈將進酒〉、〈觀滄海〉，當然也意味著對詩作背後的詩人形象——蘇軾、李白、曹操——的重新塑造。曹操這個角色在〈曹操〉一

10 Lacan, "Kant avec Sade," in Jacques Lacan, *Écrits: The First Complete Edition in English*, trans. Bruce Fink (New York: Norton, 2006). p. 645.

11 陳大為，《治洪前書》，頁七九—八〇。

12 陳大為，《治洪前書》，頁八〇。本詩首句與末句相同，首句只少了第一個字「很」（陳大為，《治洪前書》，頁七七）。

詩中就已經處理過。全詩分了五章，第一章和第二章分別題為「大陣仗」和「大氣象」，在某種意義上卻強調了「大」他者如何遭遇「小」它物的侵蝕：

> 大陣仗如赤壁如官渡
> 勝負分明，戰略又清晰
> 只需在小處加注，在隱處論述……
> ……
> 史官甲和史官乙的聽力和視力難免有異[13]

在這裡，「分明」和「清晰」的當然是大他者作為符號域的形式框架，而這個形式框架又不可避免地伴隨著「小處加注」和「隱處論述」。換句話說，「小處加注」和「隱處論述」正是符號域無法抹去的，從真實域的黑暗核心滲漏出來的污點——雖然不能整合成正文的一部分，卻又偶爾露出崢嶸。作為小它物的「小處」和「隱處」在第三和第四章裡分別出現於渲染污點的小說和舞台上（作為虛構），但這還不算，到了第五章的全詩結束處，那個暗藏的曹操出場：

殺氣騰騰地坐下，劍放桌上
奪過羅子的龍蛇單掌把玩
「還，還你清白，好嗎？」
「不必！」
魏初的血腥似狼群竄出冷氣機[14]

作為符號大他者，曹操的形象先是被小說和戲劇玷污，繼而被更真實的「殺氣騰騰」和「血腥」所充盈——污點被證實為真實域（the Real）自身的產物。那個在第一和第二章裡被史官記敘、被自己的詩篇塑造的曹操，也就是本以為真確（authentic）的曹操，可能反倒是一個空缺的、虛構的他者。當大他者變異為小它物，正史的邏輯與稗史的邏輯，紀實的邏輯與虛構的邏輯，全部遭到了翻轉：真實恰恰不是紀實的產物，而是紀實試圖掩蓋的那部分。這也正是辛金順在論述陳大為時所說的「對史實進行顛覆，或對史中人物進行辨證和翻案」[15]，而這種

13 陳大為，《再鴻門》（台北：文史哲，一九九七），頁四六—四七。
14 陳大為，《再鴻門》（台北：文史哲，一九九七），頁五二。
15 辛金順，〈歷史曠野上的星光——論陳大為的詩〉，見《馬華文學讀本II：赤道回聲》（台北：萬卷樓，二〇〇四），頁五四〇。

近乎負面的「翻案」往往暴露出宏大歷史的漏洞。本詩結尾處的後設處理標示了紀實邏輯的殘破，[16] 作為符號秩序中的污點，瓦解了大他者的絕對權威。

對南洋／本土文化的重新審視

陳大為所面對的文化他者廣義而言是幾千年來的中國歷史傳統（這也許是較為易於理解的部分），狹義而言也包括漂流到南洋的特殊中華傳統。他的不少詩重新書寫了馬華文化中的具有代表意義的符號能指，同樣觸及了對於文化符號秩序的另類思考。比如在〈會館〉一詩裡，宏大歷史符號無法掩蓋創傷內核的滲透：

曾祖父說到這里便醺醺睡去
瓶裡殘餘大歷史的純酒精
刺青與刀疤將不肯言傳的軼事
偷偷告訴父親坐著的日記。[17]

甚至可以說，宏大歷史的符號能指本身就是醉「醺醺」的產物，它的實體性可能僅僅基於某種空洞的幻覺。而「刺青與刀疤」則主動現身，以傷痕的形態衝破宏大歷史框架的宰制。在〈會館〉一詩裡，「南獅」用「步伐」建構了一個標準的中華文化符號，但又多次、不時地被「燒豬」、「豬皮」等世俗的快感元素所牽扯，以至於像「舌頭」、「麻將」等都紛紛出場，以至於「會館四肢無力骨骼酥軟」[18]，自曝了大他者權威形象的喪失。更有甚者，這個作為中華文化符號的會館，事實上也無法抵擋他者場域內的不測與紊亂：

我把族譜重重閣上
彷彿抉〔sic〕別一群去夏的故蟬
青苔趴在瓦上書寫殘餘的館史
相關的注釋全交給花崗石階
南洋已淪為兩個十五級仿宋鉛字

16 張光達在《陳大為的南洋史詩與敘事策略》中也注意到陳大為前三部詩集「『引用』了歷史古典素材為其詩文本的骨幹，適時加入後歷史的語言視角和書寫策略」。
17 陳大為，《再鴻門》（台北：文史哲，一九九七），頁二二。
18 陳大為，《再鴻門》（台北：文史哲，一九九七），頁二三—二五。

會館瘦成三行蟹行的馬來文地址……[19]

把「族譜」比作「故蟬」，首先已經不只是一種哀悼而是一種廢棄了。而「蟹行的馬來文地址」同樣用動物的譬喻來拆解中華文化符號秩序的刻板文明。在「族譜」、「鉛字」等不容分辯的文化符號內，動物的形象喚起了對熱帶雨林文化的意識：那種原始形態的、不受文明束縛的精神，不僅瓦解了同時也豐富了中華文化他者的意義，但這種意義也只能在被劃除的過程中才能顯現。[20]

那個「豬」的意象在〈甲必丹〉一詩裡變異為「山豬」——一方面是「越近越香甜」的快感源泉，另一方面也是「亮出獠牙」的創傷源頭[21]。而「考卷亮出獠牙」、「選擇題是迷彩的捕獸器」[22]又更加強化了符號域（那個考試的律法秩序）無法掩蓋的真實域猙獰面目。這組關係也形成了〈甲必丹〉一詩的基本結構：

副官向他展示一幅千風百火的水墨：
會館是七頭巨象環伺於留白背面
潑墨之中有九群隱身的黑幫土狼[23]

在這裡，陳大為同樣顯示出以書畫藝術代表的中華文化符號與其中依舊活躍的本「土」駭人野蠻之真實之間的辯證關係。在「水墨」這個文化他者的符號領域內，野性的真實仍然從「背面」，或以「隱身」的方式，展現出來。而另一種真實可能更加深刻，也就是這一章末句的問題：「他會是吉隆坡久等的麒麟，還是久違的鱷魚？」[24] 如果說麒麟代表了吉祥和榮耀，鱷魚代表了兇殘和冷酷，那麼甲必丹這個符號他者恰恰無法整合這兩者之間作為真實域的差異和矛盾。這種差異和矛盾不僅顯示於麒麟和鱷魚之間衝突的隱喻意象，也是第三章的標題「長袖與鐵腕」所指示的兩面性，標誌著作為符號他者的甲必丹自身便是分裂、去勢的大他者。楊宗翰所說的「〈甲必丹〉意圖顛覆史籍裡葉亞來的神聖與英雄形象」[25] 自然十分明顯：甲必丹

19 陳大為，《再鴻門》（台北：文史哲，一九九七），頁二六。
20 陳大為本人在談到寫作與日常生活的時候曾說，「有一些小動物放進來，跟我的生活有關係，比如說蜥蜴，蜥蜴在我家常常出現。」可供參照。見《白開水現代詩社：讀陳大為《靠近羅摩衍那》》（blog.yam.com/ai4ai4/article/1081897）。
21 陳大為，《再鴻門》（台北：文史哲，一九九七），頁九。
22 陳大為，《再鴻門》（台北：文史哲，一九九七），頁九。
23 陳大為，《再鴻門》（台北：文史哲，一九九七），頁一〇。
24 陳大為，《再鴻門》（台北：文史哲，一九九七），頁一一。
25 楊宗翰，〈從神州人到馬華人〉，《中外文學》第二九卷第四期，頁一〇〇。

作為某種現代性符號無法全然代表西方現代性的文明，也可以說，任何現代性符號都必須從後現代的後設視角才能夠獲得洞察。

因此，後現代並不意味著時間意義上的現代之後，而是現代性符號秩序自身所蘊含的創傷性內核。換句話說，現代性與後現代性的關係也可以看作表面上完好的符號域與被真實域玷污的符號域之間的關係。不過，問題恰恰在於，符號他者並不僅僅意味著（西方）現代性，它也可以是博大精深的中華傳統（對於每一個作為個體的主體而言，傳統文化體系必定是符號他者），它甚至也可以意味著任何一種——本土或外來的——文化秩序。因此，陳大為詩歌的觸角也不可能不延伸到南洋文化的非中華角落。在他稍後的詩集《靠近 羅摩衍那》裡，陳大為把視野轉移到在馬來西亞同樣影響巨大的印度文化。羅摩衍那所代表的印度史詩及宗教文化當然是另一個巨大的符號他者，但對於陳大為而言，它的魔力也正在於它內在的魔怪力量（即它的文化符號內部的真實域）：

越來越　靠近羅摩衍那
越來越　靠近神祇　　越來越
　　靠近生死　　和妖孽

很難想像整個上午整個下午
被神圍剿
被針襲擊
山城休克在印度教的額頭[26]

這裡，作為大他者的「神祇」符號幾乎等同了「妖孽」，大抵是因為靠近了祂也就靠近了「生死」，而「生死」本身又與「妖孽」難以絕緣。這個邏輯自然揭示了至高無上的「神祇」符號與創傷性絕爽的關聯。當這個「神」的形象在這一段落裡第二次出現的時候，祂的行為被描寫成「圍剿」——一個負面的攻擊性動詞，並且與之聯手的是令人肉體感到刺痛的「針」（而針刺所暗示的絕爽感受是不言而喻的）。接著，陳大為描繪了一個極度純粹的印度文化空間：

太陽是印度人的
河流是印度人的
神聖和恐怖　都是

26 陳大為：《靠近　羅摩衍那》（台北：九歌，二〇〇五），頁一四八。

印度人的
沒有閒雜人等
沒有不三不四的疑問[27]

可以看出，「神聖」不得不與「恐怖」並列在一起才顯示出大他者的威力。如果說太陽與河流（以恆河為原型）代表了宇宙的形象，那麼，對「閒雜人等」和「不三不四的疑問」的否定也恰恰說明了一種對「閒雜」和「不三不四」的無意識執迷（從佛洛伊德開始，「否認」〔Verneinung〕作為一種無意識心理線索就是至為關鍵的）。因此，魔怪力量漸漸膨脹，形成了與神聖力量的抗衡：

我的城市　淪陷
在屠妖節　刺痛的轉肩肌群
催眠的低飛咒語
誰呢　誰敢把經文翻過去
翻到白象的夢土
神拔劍

妖也拔劍的暗夜[28]

「屠妖節」的組詞方式與「沒有閒雜人等／沒有不三不四的疑問」的否定句式有異曲同工之妙，也是通過對於負面元素的清除來（試圖）凸顯神聖性或純粹性的。但因為是「節」日，甚至「城市　淪陷」本身都有某種隱含的慶典意味。於是外向的「屠妖」引發的可能是內向的「刺痛」（呼應第一段的「針」），「咒語」則連接到「經文」，「神拔劍」被「妖也拔劍」所接續——似乎一切淨化都對應了某種創傷性污點的出現。而更為意味深長的是，抒情主體在追索神聖性的過程中，最終與創傷性污點產生了認同：

鑽進一頭絕對神聖的白象
一頭厚厚椰油的黑髮
原來我　才是備屠的妖孽[29]

27 陳大為：《靠近　羅摩衍那》，頁一四九。
28 陳大為：《靠近　羅摩衍那》，頁一四九—一五〇。
29 陳大為：《靠近　羅摩衍那》，頁一五〇—一五一。

也可以說，真正的超越並不存在於主體對那個神聖大他者的虛假認同，反倒是意味著主體對小它物的認同。正如在精神分析的過程中，

> 分析師不是把被分析者調度到一個他們能夠認同分析師的情形下，而是把自己調度到一個位置上，使得被分析者去除認同，發現他們的欲望在大他者欲望的調節中，並且確認這個欲望本質上的虛無。拉康相信只有在分析師自己置於小它物基座的位置上時才能展開，不是被分析者可以發生欲望認同的對象，而是產生欲望的對象。……這裡，分析師不再被期待在與被分析者的主體間關係中成為大他者主體，而是在主體分裂所標識的紐帶中成為一個目標—原因。[30]

因此，儘管陳大為詩學的解構意味十分明顯，我們仍然不應把這種解構力量看作是基於一個具有自足批判主體性的產物，「藉一歷史主體的有利發言位置來揭破歷史的虛妄與無可挽回」[31]，因為真正無可挽回的是主體在這一境遇中的自我分裂，是它對絕爽小它物的認同，而這個小它物是以其內在空缺與創傷為標誌的。「原來我　才是備屠的妖孽」這樣的詩句充分說明可能過了這一點。

同時，我也沒有在陳大為詩裡看到那個想像域的鏡像：「有關自己身世的（歷史）南洋可以像一首史詩般被鏡子朗朗讀出」[32]。南洋文化並不是作為一種理想自我的形象為陳大為的抒情主體提供完美或完整的國族身分的。這種國族身分恰恰由於面對了作為自我理想的文化符號而變得曖昧可疑，因為符號大他者本身的匱乏與絕爽意味著主體認同的對象實際上只能是那個符號域未能徹底安置的創傷內核。而陳大為的歷史—文化書寫正凸顯了文化他者與其創傷內核的巨大張力。

30 Dany Nobus, *Jacques Lacan and the Freudian Practice of Psychoanalysis* (London: Routledge), p. 79.

31 張光達，《馬華當代詩論：政治性、後現代性與文化屬性》，（台北：秀威資訊科技公司，二〇〇九），頁一四一。

32 許維賢，〈在尋覓中的‧失蹤的（馬來西亞）人——「南洋圖像」與留台作家的主體建構〉，載吳耀宗主編，《當代文學與人文生態》。（台北：萬卷樓圖書公司，二〇〇三），頁二六九。

上海……是一座無法用言辭訴說的城，一座與語言的方向相背離，朝著感性、肉體、神經和骨髓漫無節制的癲癇症黑暗疾馳的城。……上海：煉獄。1

——陳東東

第五章

驅力主體的奇境舞台

陳東東詩中的都市後現代寓言

從一九六〇年代末以陳建華為代表的上海地下詩歌寫作開始，現代都市一直是當代詩重要的的空間背景，當代詩中有關都市的寫作也往往蘊含了當代中國的某種時代寓言。在陳建華一九六八年所作的〈空虛〉中，我們可以讀到這樣驚人的詩句：「這城市的面容像一個肺病患者／徘徊在街上，從一端到另一端。」[2]到了一九八〇年代初，王小龍流傳甚廣的〈出租汽車總在絕望時開來〉一詩從具體的生活場景出發，展示出城市生存的精神處境。隨後，在著名的「城市詩派」詩集《城市人》中，宋琳的代表作〈致埃舍爾〉透露出城市迷宮中時代生活的奇詭和迷惑，詩人甚至借用異域化的空間背景，為自身的現實感應作了夢幻式的鋪展。如果說朦朧詩一代主要是以北京為主的詩人群體以對政治文化的直接訴說反映出文革後一代人的精神向度，上海詩人從前朦朧詩時代到後朦朧時代一直致力於開闢另一條道路：他們從現代都市經驗中提取了舞台般的（或甚至夢境般的）場景，並從城市主體的視角出發書寫時代的戲劇。

具有代表性意義的詩人陳東東，出生和成長於都市上海的中心地帶，早期作品風格高蹈，表面上的都市元素不很顯見，但無疑蘊含了上海的文化開放與西化特質。在從一九九〇年代開始，陳東東的詩中出現了較為顯著的都市意象或場景，但並非出於寫實的衝動，而是將都市處理成一個寓言化的空間，並以此觀察都市主體的生存命運。在陳東東的詩裡，上海作為中國最具代表性的現代商業都市，既體現出律法和整飭，也體現出享樂和迷醉；既體現出光明和未來，又體現出腐朽和沉淪。這恐怕也是為什麼陳東東用「煉獄」來描述上海的原因：都市的位置可以被看成是在地獄和天堂之間。

現代性宏大構築中的光亮與陰影

城市，首先呈現為一種符號秩序，體現出無意識範疇的語言結構。拉岡曾在巴爾的摩酒店的高樓層上，看著街上的車水馬龍，感歎道：「能夠總結無意識的最好意象就是清晨的巴爾的摩。」[3] 換句話說，城市代表了一種巨大的能指體系，建構出一套大他者的話語秩序，它甚至可以看作是中國現代性的基本法則。陳東東的〈時代廣場〉一詩在相當程度上通過描繪出這個現代城市的超現實圖景來隱喻化地觸摸符號秩序的內在裂隙：

---

1 陳東東，《詞的變奏》（上海：東方出版中心，一九九七），頁三二。

2 陳建華，《陳建華詩選》（廣州：花城出版社，二〇〇六），四五二。

3 Macksey, Richard and Eugenio Donato eds., 1972. *The Structuralist Controversy: The Languages of Criticism and the Sciences of Man* (Johns Hopkins, Baltimore), p. 189.

細雨而且陣雨，而且在
鋥亮的玻璃鋼夏日
強光裡似乎
真的有一條時間裂縫

不過那不礙事。那滲漏
未阻止一座橋冒險一躍
從舊城區斑爛的
歷史時代，奮力落向正午

新岸，到一條直抵
傳奇時代的濱海大道
玻璃鋼女神的燕式髮型
被一隊翅膀依次拂掠

雨已經化入造景噴泉

軍艦鳥學會了傾斜著飛翔
朝下，再朝下，拋物線繞不過
依然鋥亮的玻璃鋼黃昏

甚至夜晚也保持鋥亮
晦暗是偶爾的時間裂縫
是時間裂縫裡稍稍滲漏的
一絲厭倦，一絲微風

不足以清醒一個一躍
入海的獵鹽者。他的對象是
鋥亮的反面，短暫的雨，黝黑的
背部，有一橫曬不到的嬌人

白跡，像時間裂縫的肉體形態
或乾脆稱之為肉體時態

她差點被吹亂的髮型之燕翼
幾乎拂掠了歷史和傳奇[4]

有著「鋥亮」面貌的「玻璃鋼」，或許是現代化城市最具代表性的炫目的視覺形象，這種符號也是現代化的歷史時間的典型符號。但詩人把閃亮的強光看作是「時間裂縫」，似乎是具有斷裂性的歷史之劍影。詩人發現了時間作為現代性符號秩序的預設軌道內部的裂隙，這也為什麼拉岡的大他者用符號$S(\not{A})$來表示分裂的大他者。在這首詩裡，具有跨度的「橋」被看作一種歷史時間的象徵，從舊城區「一躍」到新城區，而自然的雨被人工的噴泉收容，鳥的航線也飛不過人工化的黃昏。而不管是否令人愉悅，「厭倦」和「微風」是自然的，在人工化城市之外的，只有在截斷歷史的「時間裂縫」中才能「滲漏」出來而被感受到。「入海的獵豔者」是在尋找陸地的反面，也就是城市的「鋥亮的反面」。「入海」、「獵豔」，象徵著對原始狀態的追索。把「時間裂縫」又稱作「肉體時態」，明確了作為人性的「肉體」可以成為歷史「時間」狀態的某種指涉，用「亂」的方式切入整一化的、以「玻璃鋼」的非人性化面目為代表的現代歷史。可以看出，陳東東對城市的書寫往往具有表面的浪漫主義色彩和實質上的現代主義精神，那些俏麗的、耀眼的詞語表面上是對城市的裝點，但更意味著對它的肆意塗抹。在這首詩裡，城市意象—符號既是作為現代化歷史進程的一個節點（甚至終點）出現的，又是作為這個歷史進程的一個斷裂出現的，凸顯了現代性符號秩序自身的反諷意蘊。似乎只有在大他者那種非人性的亮度的背後，詩人才能捕捉到那種嬌美的、撲飛的誘惑「小它物」（objet petit *a*）。詩人甚至還用「乾脆」、「差點」、「幾乎」這樣的詞語來避免絕對化、單向化的傾向。

在陳東東對都市視景的描繪中，一個最突出的特點就是對亮度的敏銳捕捉。除了上述的〈時代廣場〉中反覆強調的「鋥亮」，他在一九九〇年代的不少詩篇中凸顯了城市視景中的光亮。如〈金雨〉中的這一段：

這地上的城市拒絕冷卻
繁忙的愛情又漫過了堤壩
欲望高利貸伴隨閃電
光芒要擊穿神的處女膜[5]

4 陳東東，《導遊圖》（台北：秀威，二〇一三），頁七七—七八。

5 陳東東，《導遊圖》，頁四五。

在這裡，城市「拒絕冷卻」，即擺脫了冷冰符號的刻板模式，以「愛情」、「欲望」的「繁忙」與熱烈面目出場，並且帶來「閃電」的「光芒」。「高利貸」作為城市金融的換喻，構成了「欲望」符號的基礎。但「閃電」意味著「高利貸」帶來了超出承受能力的創傷性絕爽（traumatic jouissance）產生了猛烈的衝擊，甚至連至高的大他者（「神」）也無法保證符號擬相的原初純潔和完好。

無論如何，城市的亮度既是現代性符號域的光鮮外觀，又是後現代性作為真實域絕爽的靈光閃現。特別是在某種神秘場景的鋪陳時，光源往往產生出迷惑的效果，構成了拉岡意義上的深淵般凝視（gaze）。拉岡為了闡述其凝視作為「小它物」的概念，曾用他年輕時候的一段經歷來說明：拉岡曾與一家漁民坐小船從Brittany港口出海，在陽光照耀的海面上，有一隻漂浮的沙丁魚罐頭在閃爍。這時，一個叫Petit-Jean的人對他說：你看見那罐頭嗎？可它看不見你！這引起了拉岡的深思，但拉岡感覺到的是那個「光點」在被望見的時候也在回望並「凝視」著自己。[6] 拉岡把這種凝視看作是欲望的原因和目標，也就是誘惑的源泉，換句話說，主體的匱乏與他者的匱乏是相對應的。那麼，在〈外灘〉一詩的末段中，光影的變幻便更加增添了城市作為匱乏的符號他者所面臨的險境：

於是一記鐘點敲響。水光倒映
雲霓聚合到海關金頂
從橋上下來的雙層大巴士
避開瞬間奪目的暗夜
在銀行大廈的玻璃光芒裡緩緩剎住車[7]

這裡由「水光」、「雲霓」、「金頂」、「銀行大廈的玻璃光芒」等彙聚而成的各種閃爍構成了一個令人迷亂的場景，以至於那輛「雙層大巴士」不得不在被迷倒前「緩緩剎住車」，以規避危險。更有意思的是，雙層大巴士要「避開」的是「瞬間奪目的暗夜」——在這裡，「暗夜」變成了某種「奪目」的源頭，這個頗具矛盾的短語把我們帶向「暗」本身的「亮」之中。甚至，光和影的莫測變幻就構成了都市現代性的辯證要素，二者以互為否定的方式展現出高貴與誘惑或神聖與妖魔的雙重面向。正是這種精神張力的撕扯，使得陳東東將不夜城的生存經驗總結為「失眠症」，一種令人深陷其中難以自拔而又無法終結的境遇。這就是〈我在上海的失眠症深

6 Jacques Lacan, *The Four Fundamental Concepts of Psycho-Analysis* (New York: Norton, 1978), p. 95.

7 陳東東，《導遊圖》，頁七五—七六。

處〉一詩所呈現的：

舊世紀。偽古典
一匹驚雷踏破了光
無限幽靈充沛著我
一個姑娘裸露出腰

愛奧尼柱間盛夏又湧現
季節的火炬點亮了雨
狂熱灑向銀行的金門
狂熱中天意驟現於閃電

偽古典建築病中屹立
欲望持續雕鑿舊世紀
中午戰艦疼痛裡進港
迎風嘶鳴一面萬國旗

無限幽靈充沛著我
一個姑娘裸露出腰
我愛這死亡澆鑄的劍
我在上海的失眠症深處

愛奧尼柱間盛夏又泯滅
一個姑娘裸露出腰
我愛這死亡澆鑄的劍
我在上海的失眠症深處[8]

在詩中，「驚雷踏破了光」、「火炬點亮了雨」、「金門」、「閃電」……再次體現出某種驚人的亮度，但同時這首詩還不斷強調了「欲望」與「幽靈」的閃現。「偽古典建築病中屹立／欲望持續雕鑿舊世紀」的景象可以說概括了一個老牌的半殖民地都市所存留的文化記憶，這種記憶以仿歐山寨版的「偽古典建築」為標誌（陳東東詩中多次出現的「愛奧尼柱」也源於此）；

8 陳東東，《導遊圖》，頁四一—四二。

但它的存在是一種「病中屹立」，以症候（symptom）的能指標識了原初狀態的永遠喪失。因此，都市意味了某種欲望的空缺，它無法與其自我理想（ego ideal）的模本產生同一。由此，對「無限幽靈充沛著我／一個姑娘裸露出腰」的描述便體現出絕爽與欲望的辯證互動：可以看出，作為自我理想的他者只能變異為「幽靈」，一個空缺「小它物」，但又呈現出創傷性快感的恐懼、誘惑與神秘——它又和「姑娘裸露出腰」的欲望對象相呼應——上海作為前十里洋場所散發的誘人氣息。但陳東東沒有忘記死亡驅力的內在陰影：出現在全詩的結語處的不但是「死亡澆鑄的劍」，並且

德・奇里科，《意大利廣場》

那是「我愛」的，是主體試圖擁抱的，由「劍」所暗示的痛感。那麼，「失眠症」便是極為恰當地隱喻了朝向精神深淵的死亡驅力：失眠便是驅力主體在黑暗中對更深黑暗的衝刺，但卻永不抵達那個黑暗的核心。

陳東東詩中每每出現的建築局部象徵了西洋文化構築的都市特色，又如〈烏鴉〉一詩的開頭幾行：

> 小型博物館隱秘的廊柱
> 為斜陽提供過一樣的拱門
> 石頭廣場的下午更悠長
> 強調陰影的巴羅克風格
> ——巴羅克風格的陰影被
> 誇大，直到黃昏接替了白晝[9]

9 陳東東，《導遊圖》，頁六三。

這個場景不禁令人想起意大利超現實畫家德・奇里科（Giorgio de Chirico）的繪畫，特別如上面這幅《意大利廣場》（Piazza d'Italia），我們可以在其中發現「廊柱」、「拱門」、「廣場」、「陰影」甚至「斜陽」和「黃昏」的元素，正是這些構成了〈烏鴉〉一詩的基本意象群。無論如何，對「黃昏」和「陰影」的描繪可以看作是對亮度的調整，表達出對於光亮漸失的敏銳捕捉。正如在另一首描寫夜晚的詩〈月亮〉裡，詩人哀歎「我深陷在失去了光澤的上海／在稀薄的愛情裡／看見你一天天衰老的容顏」[10]。可以說，光亮的喪失正是對光亮更為複雜的認知，尤其在這裡，明確地指向了作為式微大他者的城市符號秩序。

因此，在另一些詩裡，陳東東的都市場景顯露出這個巨大符號秩序的破綻與失靈。如這首〈費勁的鳥兒在物質上空〉的開頭：

費勁的鳥兒在物質上空
牽引上海迷霧的夜
海關大樓遲疑著鐘點[11]

海關大樓的鐘聲，作為代表了現代都市時間秩序的符號，暴露出了「遲疑」，或者說，不再具有標準法則的權威。甚至鳥的飛翔也變得「費勁」，可能是因為「物質」化的商業世界有其惡俗的磁性，故而有「牽引」一詞，又引出夜上海的「迷霧」（可以意指迷濛、迷亂……），在在表明了都市符號域的內在缺失狀態。而更具迷亂特性的，則是都市作為精神煉獄般的空間，如何展示出當代抒情詩的驅力主體性。

驅力主體的戲劇化寓言

我們應當如何看待當代詩中另一種主體性——它並非依賴於質問他者的癔症主體性，但具有更勇猛或更絕望的動力與姿態？這個答案或許要從「驅力主體」那裡去尋找。「驅力主體」在拉岡學說中意味著「非主體化的」主體樣貌，它依附於「性感帶」（erogenous zone）上，因此也與「性驅力」直接相關。「驅力主體」是比具有「我思」或「我見」幻像的主體更深層、更難把握的類主體狀態，不像欲望主體有著獲取的目標對象，或像癔症主體有著明確的質問對

10 陳東東，《明淨的部分》（長沙：湖南文藝，一九九七），頁三三。
11 陳東東，《導遊圖》，頁四三。

象，因為驅力更多是超越自身的，具有向外纏繞特性的重複行為，滿足於圍繞著一個不可能的、空缺的黑洞或深淵進行永無止息的運動。因此，「驅力主體」被稱為是莽撞的「無頭」主體，這也是紀傑克推崇的一股腦兒突進的，占據了客體位置的政治主體。細讀陳東東的近作可以發現，某種與現代性發生錯綜關係的後現代驅力主體與不斷逃逸的創傷核心之間的張力成為他近年詩學的動力。那麼，陳東東近年的詩如何通過寓言化的方式切入了當代史的創傷性深處，使得詩意的語言產生出一種迴旋曲式的對於創傷體驗的無盡言說，便成為值得探究的課題。而這種創傷性絕爽的美學，又和都市的精神背景難以割裂。

正如有論者所概括的：「驅力主體是一種失控的絕爽主體。」[12] 在陳東東的詩〈幽隱街的玉樹後庭花（3月20日，也許）〉中，我們可以看到從一開始就有一種被化學的氣氛引導的，由「膽瓶」的「循環系統」所連接的「幽隱街」可以「聯通奇境」，並且「變出……夜女郎」：

……反應不至於更加化學了——不至於
更加
像一枚滴酒入喉的膽瓶
把夜生活快遞給夜色裡薄醉的玩味之心

循環系統為循環循環著，其中有一條
橫街叫幽隱，讓你以為它聯通奇境
——能把你帶往下一輪循環，下一支舞曲
能為你從它拱廊反復的弧形變奏裡
變出你要的吹彈夜女郎……[13]

整首詩以化學實驗室的空間背景為基礎，但不時插入被超現實地幻化成的都市場景，如：

　　　　　　　　　　　　在一家
實驗室改造的夜總會裡，在反應失措的
欲望實驗後休止、去停靠……[14]
〔……〕

---

12 Mari Ruti, *The Singularity of Being: Lacan and the Immortal Within* (New York: Fordham University Press, 2012), p. 60.
13 陳東東：《導遊圖》，頁一二五。
14 陳東東：《導遊圖》，頁一二六。

更成為酒吧劇場裡反戰的
戲中戲、燒杯涓滴的意願試劑、洗錢魔術裡
微妙的輪盤賭……甚或一記鐘震顫幽隱街
那塔樓暗自赤立童然，將消費後殘餘的音屑
收回，如垃圾筒回收空瓶、易拉罐……

陳東東對於迴旋構造的愛好也體現在他的〈解禁書〉一詩中「回樓」一章裡，不過〈幽隱街的玉樹後庭花（3月20日，也許）〉這首詩更通過詞語的「化學」循環往復地將城市生活的欲望氾濫鋪展在整首詩的各條通道和各個拐角：

她潤滑得讓你一下子抱緊了滿懷閃爍
她的多姿卻抽身到一邊，用媚眼兒瞅你
能夠從滿懷裡掏出多少豪興和小費、柔情和
冷血、玻璃耀眼的曲頸葫蘆裡
浮出金酒的刁鑽和魔幻
——她腰際的迷魂調

晃悠調音師；她兌進過量汗液的龍涎香[16]
〔……〕
橫街幽隱處顯露的
幽隱——「再也不必用辭藻隆乳……卷起
「兩堆雪。」……糾纏接近了夜半消溶
摩登按摩燈，多多關照著夜女郎奶幫上
仿佛標誌的那粒朱砂痣[17]
〔……〕
退潮之血
再也不起浪，直到她兩腿間開合的淵藪
湧現又一座盜版樂園[18]
〔……〕

15 陳東東，《導遊圖》，頁一二八。
16 陳東東，《導遊圖》，頁一二五—一二六。
17 陳東東，《導遊圖》，頁一二七—一二八。
18 陳東東，《導遊圖》，頁一二八。

——每次黎明
都叼著保險套頂端漲滿的乳頭順勢
被拽出——黎明咬破這
化學製品
一架殲擊機幹掉殘月，好讓你如膽瓶
把粘稠澆灌進
深喉裡豁然的白晝[19]

可以看出，這首詩從化學實驗室的場景開始，而後延展到都市生活場景中身體和欲望的「化學」變幻。抒情主體對整體氛圍的營造不斷通過「潤滑」、「抱緊了滿懷」、「多姿卻抽身」、「媚眼兒」、「滿懷」、「柔情」、「腰際的迷魂」、「過量汗液」……等一系列帶有情色意味的字詞和語句來烘托，始終圍繞著一個看不見的對象，但從不抵達終點。或者說，快感終點就已經存在於這些具有強烈性感意味的虛擬滿足中。關於文學中的情色，陳東東有一篇和燕窩的訪談，題為〈色情總是曲盡其妙〉[20]，這個「曲」字恰好也應和了這首詩裡提到的「冷血、玻璃耀眼的曲頸葫蘆」（化學器皿），或「循環系統為循環循環著」。而這，不就是驅力主體的基本特性，永恆環繞著作為虛空的真實域客體？可以說，都市生存正是呈現出這樣一種文明指向，它不懈地努力朝向一個誘人的的極樂未來，近在眼前而觸手可及的未來。

在〈喜歌劇〉一詩中，絕爽主體的失控以當代生活中的饕餮形象出現，因為美食總是與永遠的不飽足和情慾流動般的行為相關聯：

翻卷的舌頭裡有一朵
小小的味蕾在鞠躬，有兩朵
三朵和更多味蕾——曲體轉向
扭傷了腰肢，像舞場老手們騰雲駕霧
自一種節拍可疑的尖酸
去回望連綿的火焰山紅湯

……漸遠的老辣

19 陳東東，《導遊圖》，頁一二九。

20 陳東東，《下揚州／應邀參觀》（《新詩》叢刊第六輯），頁二一二—二二四。

沿大地弧形滑到悠渺那邊的
烹飪
他掃過細嚼慢嚥的目光又掃過饕餮
伸出象牙箸，小心把半條魚
釣離蒸汽籠罩的暖鍋

很可能他反而挾走了月亮。儘管
實際上，月亮正背向魚和魚刺
隱入廚房萬千重油污。一小點
追光，映照一小碗水晶果凍……銀匙
旋呀旋，意欲從圓潤的
凝脂波爾卡，剜出一小口

膩滑扭捏的綿甜舞伴嗎？這
粉面狐腰的夜女郎暗示：「假如你
「記不住此刻滋味……」「那麼

「怎麼樣？」——他剛想要舔破
面前的月亮，一剎時辛苦
蟄碎了舌尖[21]

陳東東的詩往往飽含著既極度感性又變幻多端的場景，也常常與當代生活令人暈眩的經驗相關。這首詩同樣如此：濃烈的味覺體驗被視覺化，占據了本詩的主要篇幅，形成了味覺超現實主義的奇特效果。這首雖題為〈喜歌劇〉，描繪的對象卻與表演或歌唱無關，而是將一次從紅湯魚火鍋到水晶果凍的味覺體驗鋪展成一種與喜歌劇的觀賞效果可以相類比的過程：或許，過於刺激的味覺經驗令人變得行為乖張滑稽而產生了某種喜感，特別是被辛辣所摧殘的口腔則很可能由於張得太大而形似於歌劇演唱的嘴形，而在味覺的辛辣與聽覺的高亢之間也可能有某種通感。從一開始，舌頭翻卷和味蕾鞠躬的場面就將器官的局部放大到類似舞台表演的空間：跳舞、腰扭傷、騰雲駕霧……凸顯了這種表演的狂歡特徵，而辛辣正是口腔器官狂歡的催化劑。「節拍可疑」一語一方面通過音樂性（「節拍」）呼應了詩的標題，一方面又暗示了這種音樂性的混亂（「可疑」），而「尖酸」則不僅同時涵蓋了聽覺的「尖」和味覺的「酸」，也暗示

21 陳東東，《導遊圖》，頁一一四—一一五。

了生活內在的刻薄（與熱騰騰的火鍋背景形成了強烈衝突）。釣起半條魚和挾起月亮的場景一下子帶入但又即刻瓦解了古典的詩意，把當代生活的享樂、冷酷和戲謔混合在一起。而後半部分中極為性感的「凝脂」、「膩滑」、「綿甜」又被波爾卡舞曲式一再重複的「旋」和「剜」所攪動（這種迴旋式的運動正是驅力主體不斷衝刺的基本姿態），產生出某種甜膩與疼痛的奇特感受。而這也是這首詩結尾所強調的：「舔破」一個美好幻像的願望引發了舌頭遭受蜂「螫」般的痛。一方面，「螫」暗示了蜂蜜般的甜和蜜蜂般的刺痛感；另一方面，味覺的「辛」「苦」也被享樂過程的辛苦替代，這增添了本詩對當代生活複雜感性的認知。在論述「驅力」概念時，拉岡曾這樣說：「甚至當你嘴裡塞滿時——嘴張在驅力的界域中——不是食物，而是嘴的愉悅滿足了嘴。……我們是在性感帶的層面上談論嘴的。」[22] 陳東東在這裡描寫的正是嘴本身的驅力運動：吃的行為本身成為驅力主體的典型表徵，嘴的各種樣態構成了驅力的表現形式，而味覺反倒退隱到口腔舞蹈後面被忽略的角落（「記不住此刻滋味」）。

驅力主體，或被稱作是「無頭主體」（acephalous subject），也出現在陳東東的代表作〈解禁書〉中。這不可遏止的主體形象始於俯衝的伊卡洛斯，終於以自覺勞作來無盡填補空缺的精衛鳥。這首長詩的開頭就出現了自上天墜落的景象：

……自一萬重烏雲最高處疾落——[23]

這個形象很可能是源自陳東東深受影響的但丁《神曲》，其中多次出現天使從天墮落成為魔鬼的詞句，如：

> 我看到了那個天使，上帝把他
> 造得比其他的造物遠更高貴，
> 正在一邊象閃電般從天而降。[24]
>
> 這個用毛髮給我們做梯子的「惡魔」
> 仍舊象先前一樣地固定不動。
> 他從「天國」墜落在這一邊[25]

---

22 Jacques Lacan, *The Four Fundamental Concepts of Psycho-Analysis* (New York: Norton, 1978), pp. 167-169.

23 陳東東，《導遊圖》，頁一三〇。

24 但丁，《神曲・煉獄篇》（上海：上海譯文出版社，一九八四），頁九一。

25 但丁，《神曲・地獄篇》（上海：上海譯文出版社，一九八四），頁二五二。

以前從天堂墮落下來的幽靈[26]

而《神曲》的這些段落可追溯到《聖經》的《路加福音》第十章第十八節：「耶穌對他們說：『我曾看見撒但從天上墜落，象閃電一樣。』」這個從天而降的形象代表了死亡驅力的強大動能，同時又呼應著客觀世界裡危險或災變的降臨：

對面，新上海，
超音速升降器是否載下來一場
新雪？一種新磨難？
一個電影裡咬斷牙籤的新恐怖英雄？
新國家主義者？[27]

假如主體的欲望正是他者的欲望，〈解禁書〉開篇的下墜主體可以說也體現了當代文明他者的急速墮落。「雪」、「磨難」、「恐怖英雄」甚至「國家主義」從各個角度暗示出冷峻嚴苛的社會環境。那麼，從另一個角度來看，恰恰是與這社會環境相應的體制迫使了這首詩中所描述的主體命運的下墜。在下文題為「自畫像」的第三節裡，這個天使墜落／墮落的情境不僅又幻化為希臘神話中因太接近太陽而融化了翅膀的伊卡洛斯的墜落，而且還變異為中國神化中不斷向海洋俯衝的精衛鳥：

> 反潮流變形：伊卡洛斯失敗的幽魂化作
> 精衛鳥，……到夢中銜細木……[28]

順便一提，《神曲》中也提到過伊卡洛斯（中譯本譯為「伊卡拉斯」）的故事：

> 或是可憐的伊卡拉斯感到
> 他的腰部因蠟的熔化而翅膀脫落[29]

但陳東東的〈解禁書〉把這個墜落／俯衝的行為最終歸結到精衛的形象上（下文還有「伊

---

26 但丁，《神曲・地獄篇》，頁五九。
27 陳東東，《導遊圖》，頁二七三。
28 陳東東，《導遊圖》，頁二七九。
29 但丁，《神曲・地獄篇》，頁一二四。

卡洛斯只能變精衛鳥」[30]這樣的詩句），也「自畫」出了驅力主體不知疲倦，以行動本身為目的的特性。拉岡在闡述驅力這個概念時，強調了它是一種「不斷迴旋的衝動」，也就是說，它的目的無非是環繞著自身的目標運作，而並不是抵達終極。[31]那麼，精衛填海正可以看作是這種迴旋的形態：儘管海無法填平，精衛也從這個無限循環的填海行動中獲得了滿足。但無論如何，前提是精衛如同伊卡洛斯一樣，本身也是神靈，由於墜入水中而化作了幽魂。在〈解禁書〉裡，陳東東將這兩個神話疊合在一起，並且糅合出墜落（與自身經驗相關的，無法遏止的命運突降）和俯衝（作為驅力主體的奮勇行動）兩條線索的詩學寓意。

不僅〈解禁書〉的第二節題為「回樓」，暗示了主體所處空間的迴旋結構，整部詩從第一節〈映照〉的「疾落」開始，到第五節〈起飛作為儀式〉的「起飛」結束，甚至還「期待著跌落」[32]，也形成了一個循環。類似的迴旋式結構也出現在一些短詩裡，比如〈梳妝鏡〉的起首的兩行「在古玩店／在古玩店」，在末段裡又獲得了文字上一致的呼應（而排列上則顯示出對稱的樣貌）[33]。不僅如此，這兩行還造成了一種複沓的節奏，這種複沓節奏也在本詩中間部分的另兩行中出現：「梳妝鏡一面／梳妝鏡一面」[34]。毫無疑問，這樣的迴旋效果還基於〈梳妝鏡〉這首詩首段和末段中遙相呼應出現的「手搖唱機」和「膠木唱片」[35]的意象。但即使這個迴旋結構是如此縝密，陳東東的詩中的核心卻仍然指向了神秘叵測的真實幽靈：

在偏僻小鎮的烏木櫃檯裏
夢見了世界中心之色情
……
從依稀影像間，辨不清
自己是怎樣的遊魂[36]

或者說，不管表面的欲望迴旋如何優美高雅，一種難以言說的情色鬼魅始終占據著內在的黑暗之核。那麼，在長詩〈喜劇〉裡，藝術高雅與罪愆絕爽更加激烈地碰撞在一起，構建出當

---

30 陳東東，《導遊圖》，頁二八一。
31 Jacques Lacan, *The Four Fundamental Concepts of Psycho-Analysis* (New York: Norton, 1978), p. 168.
32 陳東東，《導遊圖》，頁二九〇。在第五節裡還有「你想起了父親代達羅斯」（陳東東，《導遊圖》，頁二八七）的語句，顯示了主體對伊卡洛斯角色的認同。
33 陳東東，《導遊圖》，頁一〇二—一〇三。
34 陳東東，《導遊圖》，頁一〇二。
35 陳東東，《導遊圖》，頁一〇二—一〇三。
36 陳東東，《導遊圖》，頁一〇二—一〇三。

代詩中戲劇性的巔峰。

〈喜劇〉的初稿曾題為〈煉獄〉（當然，〈喜劇〉這個標題本身也暗指了但丁的《神曲》，即《神聖喜劇》（Divina Commedia），「煉獄」是其第二章），在這首詩裡陳東東挪用了煉獄的七層結構，全詩共有七章，每一節也都是七行。從第一章「龍華」第一行中開始死後旅程的「焚屍爐」，一直上升到最後一章「七重天」的「星座」式「陵園」，〈喜劇〉安置了七個上海的地點。而詩中隱隱浮現的是被稱為「女高音亡靈」的角色，她在很大程度上代表了煉獄的罪人形象。一方面，陳東東從第一章起就再次強調了現代都市景觀及其光亮，以凸顯時代的符號及快感維度，比如：

> 太陽偏向了衛星城閔行，以及
> 鋥亮的新電子區。[37]

還有：

> ——當華燈鋪展像金錢豹翻身

夜色將溢出更多金錢。錦江遊樂場
代替了涉險。在他們迂回的
天路之下——一大片亮光偏執
幅射那麼多中毒的心悸！[38]

很顯然，不僅「亮光」被界定為「偏執」而且「輻射」（部分是璀璨的「金錢」），「中毒的心悸」更意味著這種光亮的惡果。另一方面，在第二章「歌劇院」裡，這個如今「無以引吭的尖銳女高音」[39]出演了自身戲劇中的主角，在指揮家丈夫的偷情和謀殺的結局後現身：

被劇情規定為冤死的鬼魂
從鏡之火焰中現形於台前[40]

37 陳東東，《導遊圖》，頁一八六。
38 陳東東，《導遊圖》，頁一八八。
39 陳東東，《導遊圖》，頁一九一。
40 陳東東，《導遊圖》，頁一九三。

這個女高音的飛蛾撲火的形象可以說是驅力主體的典型代表，奮不顧身地「撞破」了指揮家丈夫（「新鰥夫」）「安排在後臺的幽會」[41]。以至於指揮家丈夫只能歎息道：

她竟能身輕如一葉蝴蝶！
她其實更像是肥胖的蛾子！
她終究觸犯了我的火焰！[42]

但女高音幽靈並未就此打住：煉獄也可以說是她繼續施展魔力的場所。在這方面，「音樂」本身便是對這個身分為音樂家的驅力主體的恰當描繪：

而時間卻總是滯留於音樂
音樂的時間比幻想的時間
更幽深，更緩慢，更像一場
反復的夢，從動機直到灌進
唱片，被無限循環，播放和
想像。[43]

這裡，「反復的夢」和「無限循環」再次凸顯了驅力主體性的執著與不懈，似乎是對黑洞般罪惡的永恆追問。女高音的幽靈縈繞不去，經由隨後幾章中對舊時光的回憶（「3 閘北」）、寵物鳥的口吻或視角（「4 動物園」）……一直推進到最後一章（「7 七重天」）的高潮。第七章「7 七重天」可以說概括了陳東東對都市（他在此稱為「不夜的眾城之城」[44]）作為驅力主體的絕爽所在的時代戲劇性的展示（而「喜劇」只不過是對這種戲劇的荒誕派風格的暗示）。這裡，都市符號域幾乎被煉獄的真實圖景所覆蓋，如：

巨型演播廳舞蹈者沸騰
肥胖的電子琴倒向了疑懼
一場水晶球內部的暴亂
預言般準時，隨洗髮液廣告
溢出了億萬面癲癇的熒屏

41 陳東東，《導遊圖》，頁一九三。
42 陳東東，《導遊圖》，頁一九五。
43 陳東東，《導遊圖》，頁一九三。
44 陳東東，《導遊圖》，頁二一六。

「釋放過祝福的黑鐵嘴唇，
要隨一顆頭顱滾下階梯！」45

在這裡，體現了現代都市文明的各種能指（「演播廳」、「電子琴」、「水晶球」、「洗髮液」、「廣告」、「熒屏」），紛紛暴露出難以忍受的真實域創傷：「舞蹈者沸騰」、「疑懼」、「暴亂」、「癲癇」、「黑鐵嘴唇」、「頭顱滾下階梯」等等景象可以說是對都市宏偉符號構築下無序暗潮的精妙呈現。那麼，從根本的意義上說，「煉獄」便是都市符號的現實與創傷性絕爽的真實的某種意義上的疊合。當兩者合二為一時，這個商業大都會的符號秩序本身便是隱秘快感的極端體現。陳東東於是在詩中將「商業」與「淫樂」，把金融行為（「銀行」、「保險櫃」……）與戰爭意象（「蘑菇雲」、「黑血」……）耦合在一起，也建構起對都會商業主義的批判視野：

銀行警報裡
螺旋體上升，蘑菇雲彌漫了
七重天天際。半空的支票
滾燙的保險櫃，尖臉又嘔吐
肺葉的黑血，黑血幻化了

別樣的綠焰。

〔……〕

最後的圖像：「商業已排滿，

在鋪張的底層！商業就像

久曠的柴薪，分享火焰那

廣大的淫樂。我看見燃燒中

那麼多人……那麼多人[46]

這裡，驅力主體性不僅體現在詩的寓言化角色身上，更體現在抒情主體的聲音和姿態上。也就是說，驅力主體在都市符號秩序的光鮮層面上持續不斷叩問創傷性真實的黑暗內核；但這種勇猛直面真實的寫作行為與傳統的現實主義毫無關係，因為現實主義誤以為（被高度符號化的那個）現實本身就是真實。和〈幽隱街的玉樹後庭花（3月20日，也許）〉一樣，〈喜劇〉這首長詩也聚焦在都市生活作為剩餘快感的多重面貌。不同的是，〈幽隱街的玉樹後庭花（3

45 陳東東，《導遊圖》，頁二一六—二一七。

46 陳東東，《導遊圖》，頁二一八—二一九。

月20日，也許）〉充滿了快感的奇境和迷失，而〈喜劇〉中的煉獄場景則使得快感本身更具創傷性和負罪感。陳東東捕捉了當代都市文明範型的雙面特徵：都市現代性與其快感維度同時展示出誘人的時代欲望與深刻的精神創傷。

第六章

爽意

臧棣詩（學）的語言策略

臧棣是中國目前最活躍並且最有創造力的詩人之一，也是朦朧詩之後對於當代詩寫作範式具有開拓性意義的詩人。臧棣的詩也常常處於爭議風暴的中心。比如一九九〇年代末的「盤峰論爭」時，臧棣就是「民間」陣營所攻擊的「知識分子」陣營的重要代表。[1]之後，亦有林賢治批評他為「喧鬧而空寂的九十年代詩歌」的代表，認為這是「片面追求知識和技藝，徒具形式感」的「奴性寫作」。[2]無論是否「徒具」，臧棣的詩對形式感的自覺卻是不容否認的。比如近年來，臧棣幾乎所有的詩都冠以「……協會」或「……叢書」的標題，比如〈沸騰協會〉、〈小輓歌叢書〉，這兩個標題都被他用作了詩集名。對這個令人困惑不解（甚至引起不滿）的做法，臧棣自己有所解說：

冠之以「協會」或「叢書」，我多少會在詩歌場景和詩歌結構上有意識地回應一種人文想像。因為協會或叢書，都不可能是由個人來完成的，它一定意味著一個可以自由進出的、不受限制的、開放的詩性空間的產生。也就是說，詩歌最終是由想像的共同體來生產和完成的。……寫「叢書詩」和「協會詩」時，我很看重詩歌是否可以抵達一種分享。詩歌應該在精神上可以被無限分享，這就是詩歌的友誼政治學。詩，展現的是一種最根本的政治友誼。我們在詩中尋找精神的同道，辨認出心靈的戰友。[3]

在這段訪談中，臧棣提到了「想像的共同體」的概念。「想像的共同體」（imagined communities），原是本尼迪克特・安德森（Benedict Andersen）提出的一個概念，用來指稱民族國家的虛擬特性。我想要提出的是，儘管安德森並非借用或挪用拉岡（Jacques Lacan）的想像域（the imaginary）概念，但這兩者間的聯繫卻依稀可見。國族認同與鏡像認同之所以類似，是因為兩者都通過與他者的認同（同一化），想像了一個完整的身分（identity）。那麼，臧棣的寫作，從行為目標上來看，具有某種尋求自我認同以確立詩學完整性的內在要求。

本文將從「主體・語言・他者」、「絕爽・神秘・聖狀」和「莊子・弔詭・喜劇」三個臧棣詩作及詩學的主要面向來論述其修辭特徵與精神向度，以期完整並深入解析臧棣寫作的全貌。在這三個面向中，「語言」自然是臧棣詩作及詩學最顯見的關注點。在他早年著名的〈後朦朧詩：作為一種寫作的詩歌〉一文中，臧棣最具啟發性的論點之一便是：「我們時代的一切寫作，尤

---

1 一九九九年在北京平谷縣盤峰賓館舉行的「盤峰詩會」，是自朦朧詩創作討論以來，中國詩壇關於詩歌發展方向的最大一次爭論，主要是一些自稱為「民間派」的詩人對另一批被貼上「知識分子」標籤的詩人進行了批判，後者也對前者進行了反擊。

2 林賢治，〈新詩：喧鬧而空寂的九十年代（上）〉，《西湖》二〇〇六年第五期，頁七五。

3 田志凌，〈臧棣訪談：著眼於希望詩學〉，《堅持》二〇〇九年卷（總第六卷），頁一七二。

其是詩歌的寫作『已捲入與語言的搏鬥中』」，這種語言的自我纏繞區隔於「用語言與存在的事物搏鬥」的前行寫作。[4] 而從拉岡的理論來看，語言在符號他者領域中起著至為關鍵的作用：主體身處語言之中，並由語言他者所建構。因此，本文的第一節將從語言的角度入手，並探討寫作主體與符號他者之間的關係。第二節進一步討論的是，在語言的框架內，臧棣如何發掘符號秩序內的神秘與魅惑。評論家霍俊明也觀察到，「對於臧棣來說對日常神秘性、隱喻性和未知性的著迷與對語言修辭和經驗的著迷本來就是一體的。」[5] 神秘性是在語言的構築中無法馴化的那一部分，是從語言出發對語言及其意義的自我逆反，體現了臧棣詩歌中顯見的快感維度（相對於上一節的語言面向，這裡更與感性的複雜度相關）：從拉岡有關創傷性絕爽的理論來切入，可以挖掘出臧棣寫作中的語言症狀（或「聖狀」）正是他作品巨大的魅力所在。而第三節則接續了上一節的論旨，從臧棣詩中的快感維度追溯到莊子（臧棣至為崇尚的古典哲人／文人）對於弔詭與反諷的喜劇性，探討臧棣詩學中古典美學（以莊子思想為基礎）與現代美學（從拉岡的視野出發）之間的呼應。透過莊子的古典美學，我們或許能更順利地從拉岡理論來理解臧棣詩學中符號秩序的自我消解。這三個面向可構成對臧棣詩學較為全面完整的觀察，並聚焦在對「爽意」這個概念的闡述上：本文由此檢閱了臧棣詩學中語言的理性特徵（「意」）在快感的感性維度（「爽」）下如何產生出深具魅力的風貌。

主體・語言・他者

有意思的是，臧棣的詩以晦澀著稱，沒有一個「理想讀者」（即使是對臧棣詩懷有極度熱忱的讀者）有可能完全把握他作品所謂「意義」。由此，我們可以發現，儘管臧棣的詩試圖獲取某種整一的詩意身分，他的抒情主體仍然依賴於一種與語言他者的特殊關係，需要我們去深入觀察。在他近年的一條微博裡，臧棣表示：「我還真不是為詩藝而詩。我頂多是，為漢語而詩。」[6] 如果說「漢語」代表了中國文化政治語境下的語言大他者，我們不難發現在臧棣的詩中，主體的「欲望是他者的欲望」。[7] 漢語正是具體構造了無意識的那個巨大的他者，而作為語言的藝術，詩所面對的不得不首先是這個大他者。比如，在〈秘密語言學叢書〉裡，臧棣不

---

4 臧棣，〈後朦朧詩：作為一種寫作的詩歌〉，見王家新、孫文波編，《中國詩歌：九十年代備忘錄》（北京：人民文學出版社，二〇〇〇），頁二〇三。

5 霍俊明，〈打開「叢書」第一頁〉（臧棣《必要的天使》前言），臧棣，《必要的天使》（北京：中國青年出版社，二〇一五），頁三。

6 臧棣的新浪微博：http://weibo.com/u/2451603510，二〇一三年八月二日二一：〇八。

7 Jacques Lacan, *The Four Fundamental Concepts of Psycho-Analysis*, ed. Jacques-Alain Miller, trans. Alan Sheridan (New York: W.W. Norton, 1978), p. 235.

斷告訴我們：

語言的秘密
神秘地反映在詩中
……
語言秘密地活著。活出了生命的
另一種滋味。語言因為等待你的出現
而聽任太陽下有不同的生活
……
語言的秘密取決於詩如何行動

這裡，（詩歌）主體與（語言）他者之間的微妙關係獲得了展示。首先，語言被定位為一種秘密，是在無形中進入詩人的作品中的。語言是自在的，獨立於這個世界的普通生活，但卻必須從具體的主體表達那裡體現出自身的隱秘欲望，因為正是詩的主體反映出這個語言他者的欲望形態。同時，他者與主體的辯證性還在於，抒情主體無時不在與作為符號規則的語言進行著某種搏鬥，挑戰大他者的宰制。在〈搬運過程〉一詩中，臧棣再次涉及了主體和語言的問題。儘管遭到了語言的抵制，主體仍然不懈地對語言進行重新安置。

我把一些石頭搬出了詩歌。
不止幹了一次。但我不能確定
減輕的重量是否和詩歌有關。

我繼續搬運著剩下的石頭。
每塊石頭都有一個詞的形狀。
我喜歡做這樣的事情——

因為在搬運過程中，
幾乎每個詞都沖我嚷嚷過：
「見鬼」，或是「放下我」。8

8〈搬運過程〉，臧棣，《宇宙是扁的》（北京：作家，二〇〇八），頁一一六。

幾乎可以肯定，對於抒情主體而言，那些詞語具有「石頭」般的沉重，才需要愚公移山般的努力去清除它們的壓迫。在這個過程裡，語言並未被動承受主體的處置，而是不甘心地抵制著。在這兩個例子裡，我們可以看出，對於臧棣來說，一方面，主體不得不成為語言他者的執行者；另一方面，主體也反過來對這個他者的符號秩序進行某種清理。

大概誰都不會否認，臧棣是一個風格化的詩人。但是，風格是一種直觀感性的寫作特點，我們又如何可能從風格上來切入對臧棣詩的探討？拉岡在他《文集》的〈開場白〉裡，一開頭引用了布豐（Georges-Louis Leclerc, Comte de Buffon）的格言——「風格即人」，不過隨後又做了自己的補充：拉岡認為「風格即人」這句格言應該還要加上幾個字——「風格即作為言說對象的人」。[9] 也就是說，對拉岡而言，風格代表了人獲得他者言說之後而形成的主體的符號世界，因為（無意識的）主體，當然是他者話語的產物。換句話說，風格代表了臧棣至為獨特的符號主體，這個主體是被符號他者言說的。在與泉子的訪談裡，臧棣談到詩歌寫作主題的時候曾經觸及到這個他者與主體的辯證關係：

在詩歌寫作中，我關心的是主題的生成性，或稱，詩意空間的自主生成。也就是說，在具體的意象空間裡，主題如何向我們的感受發出邀請，以及這種邀請又是如何展示其語言特性的。也不妨說，詩的主題不過是語言的一種特殊的自我生成能力。[10]

臧棣試圖說明的是：主題以語言他者的方式對主體發出邀請。這裡，有兩點值得我們特別注意：一是詩的主題並不是在內容那一邊，而是在語言這一邊；二是語言主動邀請了主體，而不是相反。這似乎從另一個角度闡發了拉岡這一論斷：「風格即作為言說對象的人」，因為詩人的風格恰好體現在作為語言對象的抒情主體這裡。那麼，拉岡關於「作為言說對象」的風格也許還可以推進為「作為回應的言說對象」的風格。但是，顯然臧棣不是一個被動接受語言邀請的，被語言牽著鼻子走的詩人。從積極的意義上說，臧棣對語言始終保持著一種警惕，對他而言，語言所傳遞的往往是一個具有威脅性的訊息：他者想從我這裡獲得什麼？

臧棣在詩中的應對方式具有特殊性。他的詩不以題材取勝，也不以刻意的修辭取勝，他的寫作秘密在於直接來自語言本身的構造，來自對於語言他者的警覺、詰問、探究。正如拉岡斷

---

9 Jacques Lacan, *Écrits: The First Complete Edition in English*, trans. Bruce Fink, p. 9.

10 泉子，〈臧棣訪談：請想像這樣一個故事：語言是可以純潔的〉，《西湖》二〇〇六年第九期，頁七四。

言，作為主體的「無意識是語言的方式結構的」（The unconscious is structured like a language），[11] 那麼臧棣詩歌的抒情主體也可以說正是建構在語言構成之上的。臧棣曾自述道：「有一陣子，我認為詩歌中最令人著迷的聲音是解釋事物時的那種語調。最近，我覺得把事物當成消息來傳遞時採用的聲音，也非常吸引我。」[12] 這裡「解釋事物時的那種語調」指的顯然是那種通用的、常態化的陳述樣式，也可以說是語言構成的基本模式，是大他者的結構性框架。在這個提示下，我們從臧棣的近作中就可以發現不少「解釋時的語調」，特別是「意思（就）是……」、「意味著……」或類似的句式：

> 盤旋的鷹，像剛剛按下的開關——／意思是，好天氣準備好了。[13]
>
> 「我忙得就像划槳奴隸」。／意思就是，其他的解釋不妨見鬼去吧。[14]
>
> 它為自己的飄落發明的床。／那意思是，飄落的東西還會浮起，繼續旅行。[15]
>
> 該死的芒刺，也就是說，／在世界是否已被神拋棄的問題上，／有人對你撒了謊。[16]
>
> 沉睡的時候，／你比一個影子更像一個還未出生的人。／意思就是，彷彿只要徹底醒來，／就會有用不完的水。[17]
>
> 比死亡更善於前提，／意味著，逆水準備好了。[18]

不輕信／死亡的吸引，意味著摘下的面具／像一條剛擦過熱汗的毛巾。19
重新認識世界，意味著我們／還有可能重新分叉成／我和你。20
而清洗，意味著絕不可一味依賴水。21
說一首詩乾淨得像一顆草莓，／意味著今天也可以是愚人節。22

---

11 Jacques Lacan, *The Four Fundamental Concepts of Psycho-Analysis*, trans. Alan Sheridan, ed. Jacques-Alain Miller. (New York: Norton, 1981), p. 149.

12 臧棣，〈假如我們真的不知道我們在寫些什麼——答詩人西渡的書面采訪〉，收入蕭開愚、臧棣、孫文波編，《從最小的可能性開始》（北京：人民文學出版社，二〇〇〇），頁二七二。

13 〈語言是一種開始叢書〉，臧棣，《小輓歌叢書》（台北：秀威，二〇一三），頁八三。

14 〈語言是一種開始叢書〉，臧棣，《小輓歌叢書》，頁八四。

15 〈就是這樣叢書〉，臧棣，《小輓歌叢書》，頁一七九。

16 〈蜥蜴叢書〉，臧棣，《小輓歌叢書》，頁二六七。

17 〈明天就是聖誕節叢書〉，臧棣，《小輓歌叢書》，頁一六五。

18 〈語言是一種開始叢書〉，臧棣，《小輓歌叢書》，頁八三。

19 〈斬首的邀請叢書〉，臧棣，《小輓歌叢書》，頁九三。

20 〈紀念王小波叢書〉，臧棣，《小輓歌叢書》，頁九七。

21 〈2013年愚人節叢書〉，臧棣，《小輓歌叢書》，頁一〇二。

22 同上。

白色的深淵／意味著狼不在時，可與狐狸共舞。[23]

迷人的人，其實沒別的意思，／那不過意味著我們大膽地設想過一個秘密。[24]

你叫它們麒麟草時，卻很形象——／這意味著，每個生動的名字後面／都有一個經得起歷史磨損的故事。[25]

但是崇拜你，就意味著減損你，／甚至是侮辱你。[26]

沒有什麼東西是這雨水／不能清洗掉的。這意味著仁慈／比我們想像得更有原則。[27]

我是我的空白，／這意味著一種填法。[28]

從節奏上看，原因不複雜。／意思就是，不是大海製造了海浪，／而是海浪製作了海浪。[29]

你讀到這首詩，表明這首詩還活著，[30]

結束時，窗外的雨聲表明，／淅瀝諧音洗禮，本身就已是很好的禮物。[31]

沿途，人性的荊棘表明／道德毫無經驗可言。[32]

你的骨頭也是一件衣服，／這只能說明，我比你更失敗。[33]

你登不上那座山峰，／說明你的睡眠中還缺少一把冰鎬。／你沒能采到那顆珍珠，／說明你的睡眠中缺少波浪。[34]

你看上去就像／一個即將消失在空衣櫃裡的／有趣的新神。換句話說，一件熏過的衣服／就可能把你套回到真相之中。[35]

挖掘只剩下一個意思：你是你的每一滴汗。／換句話說，比石頭更硬的東西多就多唄。[36]

23〈紀念辛波絲卡叢書〉，臧棣，《小輓歌叢書》，頁二一七。
24〈紀念王爾德叢書〉，臧棣，《小輓歌叢書》，頁二二八。
25〈麒麟草叢書〉，臧棣，《小輓歌叢書》，頁二三〇。
26同上。
27〈慢雨叢書〉，臧棣，《小輓歌叢書》，頁二六八。
28〈繡球花又名紫陽花叢書〉，臧棣，《小輓歌叢書》，頁二七二。
29〈防波堤叢書〉，臧棣，《小輓歌叢書》，頁二七一。
30〈世界末日叢書〉，臧棣，《小輓歌叢書》，頁三六。
31〈我現在有理由認為一切都是叢書〉，臧棣，《小輓歌叢書》，頁六一。
32〈紀念王爾德叢書〉，臧棣，《小輓歌叢書》，頁二二七。
33〈解凍指南叢書〉，臧棣，《小輓歌叢書》，頁一四二。
34〈世界睡眠日叢書〉，臧棣，《小輓歌叢書》，頁三七。
35〈薰衣草叢書〉，臧棣，《小輓歌叢書》，頁二八。
36〈自我鑒定叢書〉，臧棣，《小輓歌叢書》，頁一一四。

空氣的浮力／會緩和你在世界和現實之間做出的選擇嗎？／換句話說，人的面目
中曾掠過多少鳥的影子。[37]

必須強調的是，儘管這一類的句式在臧棣詩中占據了一定的篇幅，但由於臧棣詩作眾多，在我本次取樣的範圍內（即臧棣的最新詩集《小輓歌叢書》[38]），出現此類句式的詩作僅占約五分之一。當然我們可以看出，臧棣的確傾向於在許多場合以「意思（就）是……」或「意味著……」、「表明」、「說明」、「想說的是」、「換句話說」這類句式來建構詩句與詩句之間的聯繫。這樣，與其說是「解釋的語調」，或許以「解釋的語式」來看待更為準確。臧棣所感興趣並著手處理的，正是這種「解釋」模式的語言呈現方式。即使臧棣用了「說明」（他的語式通常是「這說明……」或「……，說明……」）一詞，他的解釋形態並非「經驗分析科學」對於因果關係的「說明」（explanation），而更著重於某種內在理解的形態——儘管他所關注的也絕非真正的詮釋，而是詮釋的「形式」。

作為現代科學的語言基礎，「解釋」無疑是符號法則的一種基本運作形態，也是現代哲學各流派所關注的焦點之一。現代解釋學或詮釋學的鼻祖施萊爾馬赫（Friedrich Schleiermacher）認為，人從根本上說是語言的造物，對人類而言，任何理解都建立在語言的基礎上。不過，如

果說啟蒙理性所代表的科學主義試圖建立語言與解釋的必然性與客觀性，那麼伽達默爾（Hans-Georg Gadamer）的詮釋學就建立在承認「合理偏見」的基礎上。[39] 也就是說，詮釋的要義不僅僅是正確地解說那個絕對無誤的詮釋對象，對象本身只有在與主觀視域融合（fusion of horizons）的情形下才能被詮釋其意義。廣義而言，符號學，從索緒爾（Ferdinand de Saussure）的結構主義語言學到拉岡的後結構主義精神分析學，儘管與詮釋學的理論脈絡完全不同，卻也相當程度上關乎符號釋義的指向。拉岡認為弗洛伊德的無意識理論最終是落實到語言的層面，不僅是對語誤和笑話的分析，甚至對夢境的分析也是基於其語言或修辭運作上的。因此，拉岡沿襲了雅各布森（Roman Jakobson）關於夢境運作（dream-work）中凝縮（condensation）是隱喻、移置（displacement）是換喻的理論，而無盡的轉義（trope）成為語言的基本原則。[40] 對拉岡而言，「句法是前意識的。……主體的句法是與無意識的儲備相關

37 〈越冬叢書〉，臧棣，《小輓歌叢書》，頁一一七。
38 臧棣，《小輓歌叢書》。
39 Hans-Georg Gadamer, *Truth and Method* (New York: Seabury Press, 1975), p. 240.
40 我曾在〈欲望、換喻與小它物：當代漢語詩的後現代修辭與文化政治〉一文中曾論及臧棣的詩。見楊小濱，《欲望與絕爽：拉岡視野下的當代華語文學與文化》（台北：麥田，二〇一三），頁二七—二九。毫無疑問，臧棣與大部分中國當代詩人一樣保持著對於換喻的特殊偏好，蓋因換喻建立在語言性差異的基礎上，通過能

的。當主體講述故事時，會有什麼隱秘地統領著這個句法，並使之越來越凝縮。凝縮於佛洛伊德所稱的內核。……而這個內核指的是某種創傷性的東西……這個內核必須被標明是屬於真實域的」。[41] 在拉岡那裡，不但滑動的能指不再能與其所指之間形成固定不變的意指關係，而且作為能指結構的句法本身也充盈著真實域的創傷內核。

我們當然不難察覺臧棣詩中語言能指的滑動狀態，但這裡須進一步說明的是，意指關係的不確定性也正是上述句式的理論基礎。在臧棣的詩裡，不管是「意思（就）是……」，還是「意味著……」或「表明」、「說明」、「想說的是」、「換句話說」……，被連接的前後兩部分基本都不具有（甚至完全缺乏）合理的應對關係。幾乎可以說，臧棣在這裡建立的非邏輯關係揭示了語言他者內在的匱乏與崩坍。比如以上所引的〈昆侖山下，或雖然很渺小協會〉中這幾行：「但是現在，遙遠的意思是：／它能用一口氣把你吹進石頭，／而你會在石頭裡醒來」，通過對「遙遠」的虛擬界定，重新感受了人和自然（高山、岩石……）的關係，而這種關係並未在前人的文字中出現過，或者說，是以突破現存符號秩序的邏輯為標誌的。那麼，在另一個例子〈明天就是聖誕節叢書〉裡，「沉睡的時候，／你比一個影子更像一個還未出生的人。／意思就是，彷佛只要徹底醒來，／就會有用不完的水」，我們不難發現，太陽、聖誕夜、耶穌、影子、胎兒／嬰兒、水、睡眠、甦醒……的確成為不斷穿插、不斷滲透的能指，從一個意指關係滑動到另一個意指關係中。這樣，不僅「太陽」這個最初的能指符號沿著「沉睡」者、「影子」、「未出生的人」……的意指鏈不斷變換，而「沉睡的時候，／你比一個影子更像一個還未出生的人」的陳述又意指了「彷彿只要徹底醒來，／就會有用不完的水」這另一個陳述。必須強調的是，太陽和影子、沉睡和出生、或甚至耶穌和水之間的連接並不罕見，臧棣在這裡為我們出示的是如何在能指滑動的情形下重組符號秩序，而這個秩序主要是由「意思就是」這樣的語詞來執行某種縫合點（point de capiton）的功能，同時也是由「……的時候，比……更像……」或「彷彿只要……，就會……」這樣的句式來執行換喻式的能指替換。[42]

儘管多處用了「意思（就）是……」、「意味著……」這類語詞，後面這兩個句式——「……的時候，比……更像……」和「彷彿只要……，就會……」——顯然代表了臧棣作品中「語調」

指與能指之間的縫隙所營造的欲望溝壑來推動了詩的意指鏈的不斷延展。本文並不聚焦於臧棣詩中的換喻，不過仍需指出換喻在臧棣詩歌寫作中的關鍵地位。

41 Jacques Lacan, *The Four Fundamental Concepts of Psycho-Analysis*, trans. Alan Sheridan, ed. Jacques-Alain Miller (New York: Norton, 1981), p. 68.

42 有關換喻與當代詩語言的關係，可參考我的〈欲望、換喻與小它物：當代漢語詩的後現代修辭與文化政治〉，見楊小濱，《欲望與絕爽：拉岡視野下的當代華語文學與文化》，頁二一一—四九。

的多樣性和複雜性。隨機觀察就可以發現，除了「畢竟」、「誰讓」、「沒准」、「你不會想到」、「現在的問題是」等帶有別緻語調但仍屬簡單的例子，還有相當多較為複雜的句式，如「表面看去……，但又……」、「說實話，我才不……，我……的是……」、「即使沒有……，也輪不到……」、「為……著想，我不想讓……」等等，遍布於臧棣的詩中：

表面看去，兩件事／都無關生活的墮落：有點曖昧／但又不是曖昧得不同尋常。43

說實話，我才不在乎你／是否熟悉青蛙怎樣越冬呢——／……／我在意的是，冬眠／即將結束，你是否已學會掂量／美麗的猶豫。44

即使沒有騙子托馬斯，／也輪不到我遠離巴西。45

或者為潛臺詞著想，我不想讓沙子變成／唯一能讓我們冷靜下來的東西。46

必須再次指出的是，在臧棣這裡，種種具有連接功能的句式結構往往實際上連接了相當遙遠的（甚至不可能的）事物或情境。在〈波浪的眼光始終是最準確的叢書〉這首詩裡，「沙子」在「身體」的「河岸」上究竟代表了什麼，並沒有一個明確而顯見的答案。在這首詩的二、三行，臧棣強調了「河岸」不是「湖岸」，也不是「海岸」——「為什麼不是湖岸，可以有一百個理由，／為什麼不是海岸，至少有一萬個原因」[47]——而湖、海與河的區別在於河是朝向一個方向不斷流淌的，而湖和海則沒有方向感，也缺乏有速度的動感。那麼，沙子或多或少也暗示了它在流動的河畔，相對於河流之動態的那種靜止（這也是「讓我們冷靜下來」背景上的「潛臺詞」）。但「為……著想，我不想讓……」這個句式使得沙子的靜止、冷靜或安慰性功能需要服從對「潛臺詞」的考量，而「潛臺詞」，不就是沙子的靜止與河流的動態之間的那種張力嗎？也就是說，在這種張力面前，沙子不是唯一的；甚至，冷靜也不是沙子唯一的功能——因為接下去的詩句展示了另一個方向的滑動：「沙子應該去幹點別的事情。」[48]可以看出，借助具有連接功能的句式來產生能指自身的滑動以及若即若離的能指鏈所代表的主體對自身欲望形態的虛擬填補，臧棣的詩創造出了一種新的詩學範式。

43〈寫給喜鵲的信叢書〉，臧棣，《小晚歌叢書》，頁三二。
44〈新的責任叢書〉，臧棣，《小晚歌叢書》，頁四八。
45〈艾曼紐・麗娃叢書〉，臧棣，《小晚歌叢書》，頁四七。
46〈波浪的眼光始終是最準確的叢書〉，臧棣，《小晚歌叢書》，頁一七二。
47 同上。
48 同上。

也可以說，語言結構在臧棣那裡被處理為一種（拉岡所稱的）「擬幻」（semblant）的符號他者，原初的句式形態被保留了，但僅僅是虛擬的幻相，因為能指的滑動消解了結構的穩定性。臧棣致力於揭示的正是符號他者的這種擬幻性，以瓦解其權威的壓制。對於拉岡而言，這種「擬幻」不僅有虛幻的特徵，也有誘惑的特徵，它一方面替代了那個本來或可占據這個位置的引起焦慮或恐懼之物——真實域的黑洞，也就是徹底無序的瘋狂言說——另一方面也消解了符號域一體化法則的壓制。

在和泉子的訪談中，臧棣還用了「褶皺和縫隙」來說明他對寫作中語言結構的處理方式：「在現代書寫中，我覺得最好的詩意來源於句子和句子之間那種流動的綿延的彼此映襯的關聯。作為一個詩人，我專注於這種關聯，對句子和句子之間的相互游移所形成的隱喻張力深感興趣。對我來說，這也是現代寫作吸引人的地方。從書寫的角度看，詩的秘密差不多就存在於句子和句子之間的那些褶皺和縫隙裡。」[49]從這一點來看，臧棣的詩跳出了以意象為基本軸心的現代詩寫作模式。當然，這不能說是臧棣的發明，早在多多一九七〇年代的創作裡，我們就可以發現對於句式的重視，這也是多多較早地超越了朦朧詩詩學模式的重要面向。比如：「失落在石階上的／只有楓葉、紙牌／留在記憶中的／也只有無情的雨聲」（〈秋〉，一九七五）[50]，或者「如果有可能／還會堅持打碎一樣東西／可你一定要等到晚上／再重翻我的手稿

／還要在無意中突然感到懼怕」（〈給樂觀者的女兒〉，一九七七）[51]。不過，臧棣更強調了「句子和句子之間的相互游移」，也就是能指的無盡滑動。

臧棣關於〈句子和句子之間〉「縫隙」的說法，呼應了我在〈欲望、換喻與小它物：當代漢語詩的後現代修辭與文化政治〉一文中論述到的作為「溝壑的倫理」[52]的欲望。而他從德勒茲（Gilles Deleuze）那裡借用的「褶皺」（pli）概念則又與拉岡的欲望理論有著根本的差異。[53] 如果說臧棣所說的「縫隙」與拉岡理論中否定性的欲望或匱乏概念相關，那麼「褶皺」則強調了德勒茲式的肯定性面向，即某種自我疊加和自我生成的可能：這使得那種巴洛克式的

49 泉子，〈臧棣訪談：請想像這樣一個故事：語言是可以純潔的〉，《西湖》二〇〇六年第九期，頁七七。

50 多多，《依舊是》，頁四二。

51 多多，《依舊是》，頁五八。

52 楊小濱，〈欲望、換喻與小它物：當代漢語詩的後現代修辭與文化政治〉，《政大中文學報》第十四期（二〇一〇年十二月），頁一〇。

53 臧棣對於德勒茲的興趣也可以從他對自己主編的一套詩集「千高原詩叢」的命名獲得佐證：「千高原」一詞也來自德勒茲的名著《千高原》（*Mille Plateaux*）。

結構形態無限地複雜化，「數量有限的元素產生出數量無限的組合」。[54]舉例來說，比如在臧棣這樣的詩句「茅草的小裁紙刀／正唰唰地裁著宇宙的毛邊」[55]裡，我們除了可以感受「茅草」與「宇宙的毛邊」之間的某種衝突性的緊張，還可以把握到「茅草」與「裁紙刀」之間的那種複沓、疊加的效果，「宇宙」及其「毛邊」之間所生成的前所未有的新穎組合，甚至「唰唰」的聲響所添加的聽覺面向在整體畫面中的又一層「褶皺」……。「縫隙」和「褶皺」在這裡是互補的：「褶皺」也可以看作是對「縫隙」的一種虛擬的縫合。[56]假如說莫比烏斯帶作為對內與外的縫合，使得內與外處在了同一個表面——絕爽（jouissance）對於欲望的填補以一種不可能的快感來填補了無法填補的匱乏——那麼褶皺則將外部內在化（「褶皺」意味著「內部只不過是外部的一個褶皺」[57]），迫使語言產生出更加豐饒的層次，編織出更加錯綜的路徑。無論如何，在德勒茲「褶皺」的意義上，語言愈加成為一種非意指性的形態。

絕爽．神秘．聖狀

臧棣的詩學是一種快感的詩學。早在一九九〇年代，陳超就指出臧棣的詩「始於寫作快感」。[58]臧棣本人也每每強調了「語言的歡樂」[59]在詩歌寫作中的重要性。這使得臧棣的詩學樣式與純粹的欲望詩學至少在表面上產生了巨大的差異。那麼，這種「快感」或「歡樂」在何種程度上可以界定為拉岡意義上的「絕爽」？拉岡曾經將喬伊斯（James Joyce）的寫作描述為具有一種「瞧伊爽」（joyceance）的風格，在相當程度上揭示了先鋒寫作與絕爽之間的內在聯繫。拉岡之所以把喬伊斯稱為「聖狀」（sinthome），[60] 也正是因為喬伊斯的寫作迫近了所謂的「爽意」（jouis-sens），即文字範疇的，符號層面的絕爽。「聖狀」正是「爽意」的一種，是絕

---

54 Adrian Parr ed., *The Deleuze Dictionary* (New York: Columbia University Press, 2005), p. 103.

55 〈簽名〉，臧棣，《新鮮的荊棘》（北京：新世界，二〇〇二），頁一二一。

56 如Jacques-Alain Miller所言：縫合是對空缺的某種替代，顯示出非同一的面貌。見Jacques-Alain Miller, "Suture (Elements of the Logic of the Suignifier)," in Peter Hallward and Knox Peden eds., *Concept and Form, Volume 1: Selections from the Cahiers Pour L'Analyse* (Lonon: Verso, 2012), p. 99.

57 Adrian Parr ed., *The Deleuze Dictionary*, p. 107.

58 陳超，〈少就是多：我看到的臧棣〉，《作家》一九九九年第三期，頁九三。

59 臧棣，〈90年代詩歌：從情感轉向〉，《鄭州大學學報（哲學社會科學版）》三一卷一期（一九九八年一月），頁七一。

60 拉岡的sinthome概念採用了古代法語symptôme（症狀）一詞的拼寫法。不過，「聖狀」還包含了其他的各種含義，如法語中的同音詞「聖人」（saint homme）、「合成人」（synth-homme）、「聖托馬斯」（Saint Thomas）等。

爽在語言中的表達，是迷失了所指的能指快感，它的「意義」也意味著意義的不可能。

我們或許可以先來看一下，「意義的不可能」如何達成爽意的效果。比如，爽意可以是臧棣詩中的否定性語句帶來的——而否定，往往是對意義的否定，它在否定的背後並不暗含著任何可以確認的肯定性意義（如阿多諾所言，「將否定的否定等同於肯定」是「反辯證法的」61）。在以上的徵引中，「沙子應該去幹點別的事情」就是一例：在這裡，「應該去幹點別的」僅僅否定了當下幹的，卻沒有明確指明應該幹的「別的」是什麼。此外，真正的否定句式在臧棣詩中也比比皆是：

每一天都有世界末日的影子／也不會是重點。62

同樣的話，在菊花面前說／和在牡丹面前說，／意思會大不一樣。63

我像瘋了的馬一樣走動——／但不是因為寂寞的心靈，／但也不是因為波浪想隱瞞漂泊；／所以，即使沒有騙子托馬斯，／也輪不到我遠離巴西。64

第四鍬，請把我從新聞中挖走——／我不是你的兄弟，也不是你的姐妹，／但是，挖，會改變我們。65

畢竟，美好於孤獨／並不像有沒有天賦那樣／喜歡按門鈴。66

你大聲叫嚷著，從來就沒有更多的愛。／只有霧的封條舔著沒門。／遠遠看去，
沒門的籠子裡／好像只有你沒穿過新鞋。[67]
對岸未必不是彼岸；但更主要的，／此岸未必不是對岸。[68]
並非每條捷徑上都會飄有落葉，[69]
令我們感到羞愧的鳥／還沒有出現過。[70]
沒挖過坑的，／沒有人會認出你更像誰。[71]

---

61 Theodor W. Adorno, *Negative Dialectics*, trans. E. B. Ashton (London: Routledge, 1973). p. 158.
62 〈世界末日叢書〉，臧棣，《小輓歌叢書》，頁三五。
63 〈世界詩人日叢書〉，臧棣，《小輓歌叢書》，頁三八。
64 〈艾曼紐・麗娃叢書〉，臧棣，《小輓歌叢書》，頁四七。
65 〈挖掘叢書〉，臧棣，《小輓歌叢書》，頁五〇。
66 〈這前提或者這禮物難道還不夠好叢書〉，臧棣，《小輓歌叢書》，頁五四。
67 〈自我鑒定叢書〉，臧棣，《小輓歌叢書》，頁一一四。
68 〈波浪的眼光始終是最準確的叢書〉，臧棣，《小輓歌叢書》，頁一七二。
69 〈假如你的眼光不是像真理一樣挑剔叢書〉，臧棣，《小輓歌叢書》，頁一六八。
70 〈作為一個節日的回聲叢書〉，臧棣，《小輓歌叢書》，頁一七四。
71 〈走光叢書〉，臧棣，《小輓歌叢書》，頁二〇五。

沒有人／是他自己的傻瓜。[72]
沒有什麼東西是這雨水／不能清洗掉的。[73]
沒有任何一種聲音／曾高過這大海的低語。[74]
顯然，洋蔥並沒有把洋蔥的本質／留在洋蔥裡面。他並沒有在洋蔥中找到／一個
可以被想像的核心。[75]

這裡所引的當然只是一小部分的例子。我想說明的是，否定的爽意來自齊克果（Søren Kierkegaard）所說的永恆、絕對否定的反諷意味。[76] 而反諷作為轉義的最極端範例，恰恰體現了絕爽的重要面向——只要我們沒有忘記，拉岡對於驅力（drive）絕爽的描述：環繞著作為目標的真實域黑洞的永恆運動。在反諷中，能指的這種運動始終游離於目標之外，永遠不觸及目標，但又不斷提醒著對於目標的指涉。此外，爽意作為一種否定性意義，也契合了齊克果在《反諷的概念》裡對蘇格拉底的闡述：蘇格拉底總是通過聲稱自己的無知來迫近認知的終極。而用臧棣的話來說：「在詩歌領域裡，無知能帶來最大的快樂。」[77] 他對「無知」也曾更詳盡地表述過以下的看法：

真正的詩人越是深入語言，他就越會感到自己對語言的「無知」。這或許同蘇格拉

底談論人類的「無知」有相同之處。……詩人和語言的關係，在我看來，非常奇妙，同時也有點令人沮喪。語言是一個很大的秘密。但從寫作的技藝上看，作為一個詩人，我們所能精通的只能是語言的各種「小秘密」。有一陣子，這種感覺幾乎令我窒息。這或許也可以歸入顧城所說的「生命失敗的微妙之處」。在我看來，敢於承認對語言的「無知」，會有助於拓展新的審美眼界。它也許會導致一種有益的對語言的神秘主義的態度。[78]

所謂「對語言的神秘主義的態度」，恐怕也是對語言所代表的大他者符號秩序所抱持的非

72〈能登半島叢書〉，臧棣，《小輓歌叢書》，頁二四三。

73〈慢雨叢書〉，臧棣，《小輓歌叢書》，頁二六八。

74〈和大海有關的距離叢書〉，臧棣，《小輓歌叢書》，頁二八一。

75〈剝洋蔥叢書〉，臧棣，《小輓歌叢書》，頁二八二。

76 Søren Kierkegaard, *The Concept of Irony: With Constant Reference to Socrates*, trans. Lee M. Capel (Bloomington: Indiana University Press, 1965), p. 278.

77 臧棣，《小輓歌叢書》跋，頁三〇一。

78 泉子，〈臧棣訪談：請想像這樣一個故事：語言是可以純潔的〉，《西湖》二〇〇六年第九期，頁七八。

常態立場：語言他者不再是主體依賴的全知基點，反倒是疑問的淵藪。那麼，廣義的反諷，正是通過對否定性陳述所暗示的無知——並不提供任何肯定性訊息——來迫近那個所指向的認知或體驗的核心。我們不妨來看幾個簡單的例子。上文所引的「同樣的話，在菊花面前說／和在牡丹面前說，／意思會大不一樣」或者「並非每條捷徑上都會飄有落葉」或者「他並沒有在洋蔥中找到／一個可以被想像的核心」這幾個句子各有其可能的指涉，但都通過否定取消了可能性。在第一個例子裡，我們並沒有被告知，在菊花面前說和在牡丹面前說，意思會有什麼具體的不一樣。但臧棣要強調的只是差異性，而不是具體表現出來的不同情形。既然這首詩的標題是〈世界詩人日叢書〉，我們不得不將這些詩句讀作是對詩歌語言自身的針對性、獨特性與差異性所作的宣示，而這宣示只能通過否定性的話語來達成。也可以說，即使我們不知道「在菊花面前」的說辭，也不知道「在牡丹面前」的說辭，但臧棣的詩聚焦的是「在菊花面前說」和「在牡丹面前說」之間的差異性縫隙或溝壑，而這種差異性正引發了驅力絕爽在（非）意義範疇的精妙表達，因為這裡的驅力，只能是圍繞著這個差異性虛空（真實域）運動的。同樣，「並非每條捷徑上都會飄有落葉」在〈假如你的眼光不是像真理一樣挑剔叢書〉這樣一首複雜的詩中，告訴我們歷史的痕跡不是處處都能發現，而這種缺憾，或許恰恰是「真理」浮現的契機：不知道哪條捷徑上會有落葉，恰恰是可能遭遇落葉的唯一方式。臧棣在這裡呈現的幾乎是精神分析的基本要義：歷史真理只有在不挑剔、不執著觀察的零星、殘餘和碎片裡，才會獲得映射。而「他並沒有在洋蔥中找到／一個可以被想像的核心」更是取消那個可能的「核心」，因為我們所能發現的核心，都只是虛擬的核心或者虛空的核心罷了。這首解剖洋蔥結構的詩借由對本質的解構最終抵達了與精神分析過程十分接近的結論：「剝洋蔥剝到的空無／恰恰是對我們的一次解放」，[79] 以隱喻的方式描繪了語言與符號秩序的根本特性：大他者並不存在，或者，語言並沒有絕對的法則。這個空無，便是符號域內部的真實域的不可能性。

拉岡對喬伊斯的興趣也恰恰在於喬伊斯挑戰了語言他者的權威，或者說，用自創的符號他者替代了權威的符號他者。喬伊斯在小說《芬尼根的守靈》中對語言的各種操練、重組、戲弄當然具有相當程度的寫作或語言快感，即爽意。喬伊斯小說中不斷出現的諧音、雙關等，當然正是拉岡所謂的「語言噱」（linguisterie／linguistricks），這些噱頭或花招顛覆了語言他者的一元化權威。在臧棣詩中，我們也不難發現對諧音和雙關的愛好，奚密就分析過臧棣在〈詠物詩〉裡詩句的雙關——「它還沒有淺過時間之灰」——「『灰』在此具有雙重意義：承接上文，它指涉灰色，同時也有灰燼的意思。這個雙關語開啟新的想像空間：灰色令人想到蒼老，而灰

79 〈剝洋蔥叢書〉，臧棣，《小輓歌叢書》，頁二八三。

燼則見證過往生命的燃燒與消滅。」[80] 循著這樣的解讀策略，我們自然可以發現臧棣詩作中眾多的雙關可能。從他最早的詩集《燕園記事》裡，我們就可以感受到不少雙關的努力。比如，「而所謂的他鄉不過是一隻手／並且常常冰涼得像塊凍豆腐」[81] 裡的「凍豆腐」既比喻了手凍僵後的冰冷僵硬，又隱喻了異鄉生活的脆弱，甚至用這種最普通的食品換喻了生活的簡陋。在〈懷孕的消息〉一詩裡，「從我的愛撫中，你的魚肚白／抽象出一個不算討厭的早晨」[82] 一方面用「魚肚白」來描摹懷孕的肚子，另一方面也通過「東方魚肚白」的換喻聯接到下一行的「早晨」，暗示了生命的另一個開端。另一首〈北京地鐵〉裡這樣幾行：「從第一版跌入第五版／很快，也很容易，毫無規律可循／太黑了！否則怎麼會有明星／出現在大眾的一瞥中。」[83] 這裡的「太黑了」，就不僅僅是地下鐵道裡的黑；通常，「太黑了」的慨嘆意味著重重黑幕，或過於黑心——而這裡的「從第一版跌入第五版」對於從事過新聞職業的臧棣來說當然也暗示了新聞媒體的黑暗。這在後面的詩句中也能獲得佐證，在最後一節中臧棣問道：「會有攝像機／在暗處像我們一樣一舉一動嗎？」[84] 他的〈營養〉一詩有關吃雞蛋和炒雞蛋的話題，也有關母親和姑媽之間關於吃雞蛋的不同見解的話題，因此其中「這樣的矛盾像經常／會忘記撒上一點的鹽」[85] 的詩句，則一方面聯接了烹飪時的放鹽，另一方面也關涉了「傷口上撒鹽」的精神痛感。在〈老地方〉一詩裡，臧棣寫道：「我的幽默是：『我是在老地方／成為老運動員的』——」。[86] 我們可以看出，這裡的「老」，有著雙重含義，既有「曾經」和「舊時」的意思，又有「年長」或「衰老」的意味。從臧棣本人的經歷來看，這樣的自我觀察也往往能獲得證實。同樣，當臧棣說，「你夢見你在湖邊放風箏／線索很長」，[87]「線索」也就不只是風箏的線索，也暗示了自我經驗中的痛感的線索（詩中還有「繃得太緊的幸福」[88]這一類語句，也以雙關的方式強化了這樣的多重指涉）。

因此，對臧棣而言，雙關無非是一種擺脫語言符號單一意義的途徑。而臧棣擅長的諧音則更瓦解了語言的同一性，比如，「但是現在呢？喜劇中的／戲劇呢？」[89]「同透明膠帶（交代）

80 奚密，〈「淺」的深度：談臧棣的《詠物詩》〉，《新詩評論》二〇〇五年第一輯，頁八八。
81 〈年終總結〉，臧棣，《燕園記事》（北京：文化藝術出版社，一九九八），頁一一四。
82 〈年終總結〉，臧棣，《燕園記事》，頁一一五。
83 〈北京地鐵〉，臧棣，《風吹草動》（北京：中國工人出版社，二〇〇〇），頁五五。
84 〈北京地鐵〉，臧棣，《風吹草動》，頁五六。
85 〈營養〉，臧棣，《新鮮的荊棘》，頁二九六。
86 〈老地方〉，臧棣，《新鮮的荊棘》，頁二六二。
87 〈未名湖：被刺入，被刺得很深〉，臧棣，《空城計》（台北：唐山，二〇〇九），頁一三三。
88 同上。
89 〈情境詩〉，臧棣，《新鮮的荊棘》，頁一八四。

的一樣」、[90]「鮮花如陣陣閒話」、[91]「你知道，他妹妹／曾對我有過多年的感人（趕人）的好感……啤酒液／適於滋潤含混的蜜語（謎語）」，[92]「感謝詩裡有濕」、[93]「背景當然是北京」、[94]「肉體的可能的本質／是用聯繫押韻（押運）遊戲」、[95]「用眼珠的深色是／試譯／示意著悄悄話或氣話」、[96]「淅瀝諧音洗禮，本身就已是很好的禮物」、[97]「身著西裝（戲妝），表情嚴肅得像／一幕六十年代的話劇」、[98]「細如精細，那的確是／我們在回憶或人生中／能擁有的最好的驚喜」[99]或「除了名聲，／心聲就不能鵲起嗎？新生鵲起，／不是也很形象嗎？」[100]……，王敖也早已指出臧棣「利用各種諧音來潤滑能指的鏈條」。[101]在這些例子中，「鮮花」和「閒話」互相滑動，「精細」與「驚喜」遙相呼應，「感人」的情誼與「趕人」的惱怒難以區分，甜言「蜜語」是無法讀解的「謎語」，而光鮮亮麗的「西裝」只不過是用作假扮的「戲妝」……。所謂爽意，無非是以語言的多重意義和多種可能挑戰了符號秩序的絕對權威。

無論是諧音，還是雙關，都揭示了語言體系中（臧棣所謂的）縫隙，也就是說，在某種符號秩序內部，有著不可避免的真實域裂隙。因此，這也可以視為符號域無法掩蓋的真實域殘餘——小它物（object *a*），這個招引欲望的，幽暗的小它物，在臧棣近期的系列隨筆〈詩道鱒燕〉中，被稱為「神秘」：

詩最神秘的地方就是詩喜歡看起來一點也不神秘。

……

我幾乎不想這麼說，感覺不到詩的神秘的人也不會感覺到多少詩。這個原則幾乎顛撲不破。我其實想說的是，感覺不到詩的神秘的人，也不會感覺到生命的美妙。

……

90 〈年終總結〉，臧棣，《燕園記事》，頁一一四。
91 〈靜物經〉，臧棣，《未名湖》（《新詩》叢刊第四輯），頁九九。
92 〈書信片段〉，臧棣，《燕園紀事》（北京：文化藝術，一九九八），頁一二四—一二六。
93 〈金不換協會〉，臧棣，《空城計》，頁一六一。
94 〈知春路〉，臧棣，《新鮮的荊棘》，頁三三四。
95 〈全天候〉，臧棣，《新鮮的荊棘》，頁一九四—一九五。
96 〈飛越大洋〉，臧棣，《新鮮的荊棘》，頁七三。
97 〈我現在有理由認為一切都是叢書〉，臧棣，《小輓歌叢書》，頁六一。
98 〈維拉的女友〉，臧棣，《燕園紀事》，頁一五六。
99 〈抒情詩〉，臧棣，《新鮮的荊棘》，頁四六。
100 〈非凡的洞察力叢書〉，臧棣，《慧根叢書》（重慶：重慶大學出版社，二〇一一），頁二八。
101 王敖，《追憶自我的藍騎士之歌：解讀臧棣》，《詩生活文庫》http://www.poemlife.com/libshow-49.htm。

在詩歌中，神秘的東西常常可以被深刻地領會。

……

日常事物對詩來說常常是神秘的。我們對日常事物的熟悉，並不能取代日常事物給詩帶來的那種神秘的含義。

……

無論是從風格的意義上看，還是從詩歌責任的角度講，美都是詩的一種神秘的禮物。

……

狂喜，很少會在風格上留下完美的痕跡。但在詩的效果上，它卻激發出一種神秘的感染力。[102]

在臧棣那裡，神秘不外乎是表面理性的語言（這也是為什麼臧棣往往被歸為知識分子詩人或學院派）之下的非理性症狀，它以絕爽的面目出現。臧棣甚至誇張地稱之為「狂喜」，但無論如何，狂喜也必然呈現為「神秘的感染力」。按照精神分析理論家Russell Grigg的說法：「絕爽的創傷特性不是由於它的強度或力度，而是由於它是謎樣的。」[103]神秘的絕爽，可以說是對於欲望的虛擬填充，由於縫合了欲望的罅隙，便猶如分布在莫比烏斯帶的兩面——一邊是空缺的欲望，一邊是剩餘的絕爽——這兩面實際上也就是同一面而已，因為絕爽本身就是是真實域黑洞的產物，是創傷性快感的體現。這種神秘，臧棣有時也稱之為「魅」——出自他的著名論斷「詩歌就是不祛魅」[104]——或者「幽靈」。拉岡在論述小它物時曾經用過一個古希臘的詞語「scotoma」，[105]意為盲點、昏昧、陰影……，或者「誘惑／誘餌」（lure），[106]來指明小它物的一種魅惑、幽靈般的存在。那麼，臧棣關於語言和幽靈般蝴蝶的比喻恰好也可以與拉岡對莊周夢蝶故事的闡述相連接：

> 「把語言作為一隻美麗的蝴蝶來捕捉。語言和蝴蝶，有許多相似之處。至少把語言

---

102 臧棣，〈詩道鱒燕（五）〉，《詩東西》第五期，二〇一二，頁一七〇—二一九。

103 Russell Grigg, "Afterword: The Enigma of Jouissance," in Santanu Biswas ed., *The Literary Lacan: From Literature to Lituraterre and Beyond* (London: Seagull, 2012), p. 291.

104 木朵、臧棣，〈詩歌就是不祛魅〉，臧棣，《未名湖》，頁一一三。

105 Jacques Lacan, *The Four Fundamental Concepts of Psycho-Analysis*, trans. Alan Sheridan, ed. Jacques-Alain Miller (New York: Norton, 1981), p. 83.

106 Jacques Lacan, *The Four Fundamental Concepts of Psycho-Analysis*, trans. Alan Sheridan, ed. Jacques-Alain Miller (New York: Norton, 1981), p. 102.

比成蝴蝶，會讓我時常警醒語言是有自主生命的。……蝴蝶具有一種幽靈般的能力，它能在你伸手觸及它的剎那間，騰空翩翩飛起。這對凡是自認為有能力駕馭語言的人無異是一種有力的嘲諷。當然，我並不認為語言是無法駕馭的……在許多層面上，作為一個好的詩人，必須展示出駕馭語言的能力；但是必須明白還有一些語言層面，我們是無法駕馭的」[107]

這個「無法駕馭的」、「幽靈」式的「蝴蝶」，不得不令人想起拉岡在研討班十一期《精神分析的四個基本概念》中用莊周夢蝶的寓言以說明對小它物的段落。[108] 拉岡認為，在莊子的寓言裡，蝴蝶在主體（莊子）面前呈現為一種凝視，使得主體無法與自身徹底認同（因為莊子在此凝視的激發下懷疑自己是蝴蝶而不是莊子）。但蝴蝶是代表了真實域的絕爽，是分裂主體所面臨的欲望的原因—目標。作為一種語言中的特殊他者，蝴蝶所隱喻的「有自主生命」的他者便不是權威的符號大他者（symbolic Other）本身，而是「具有一種幽靈般的能力」的小它物，它內爆了主體的同一性。耿占春在一篇深具洞察力的評論裡說：「臧棣詩歌話語中的意識主體亦是被分解的意識，被分解式的話語所瀰散的主體。」[109]

就「瀰散的主體」而言，臧棣寫於一九九八年的〈原始記錄〉也許是一個較為有力的例子：

椅子說，給我
一把能遮住他們的傘
但除了猛烈的羞怯，
他們還能在那裡洩密呢？

雨說，給我一扇玻璃後面
蹲著一隻黃貓的窗戶。
智慧說，給我三個鳥蛋，
我要幫助他們熟悉
速度不同的飛翔。

---

107 臧棣，〈假如我們真的不知道我們在寫些什麼——答詩人西渡的書面采訪〉，收入蕭開愚、臧棣、孫文波編，《從最小的可能性開始》，頁二七七—二七八。

108 Jacques Lacan, *The Four Fundamental Concepts of Psycho-Analysis*, trans. Alan Sheridan, ed. Jacques-Alain Miller (New York: Norton, 1981), p. 76.

109 耿占春，〈微觀知覺和語言的啟蒙——論臧棣〉，《飛地》一（二〇一二春），頁一五六。

木偶說，給我一支鉛筆，
我想記下這些吩咐，
好讓其中的傲慢免於晦澀。
晦澀說，給我一面已經打碎的鏡子，
或是把反光的語法
直接傳授給他們。

桌子說，給我另一種海拔，
我就告訴他們用四條腿
如何區分坡度和制度。

……
輪到我時，我說，給我
我現在就想要的東西——
兩斤尖椒，四斤洋蔥，三斤牛裡脊，
因為我眼前的這些盤子都空著，
我得做點什麼來填滿它們。[110]

在最顯見的意義上，這首詩可以用來說明，在一九九〇年代中國詩歌的敘事化潮流中，還藏著一股戲劇化的潛流。如果說敘事性仍然（至少表面上）基於單一的主體聲音，詩歌中的戲劇性意味著抒情主體已經明顯地產生了自身的裂變。在這首詩裡，「我」只有到了末尾才加入了眾聲喧嘩，而之前的各種召喚，則分散到了無數「說」話音源那裡，而「給我……」的籲求，標明了這些匱缺的他者無一不是幽靈般的小它物。在整首詩裡，小它物變形為各類日常事物——這正是臧棣在〈詩道鱒燕〉中所言「日常事物對詩來說常常是神秘的」——每一件都發出了自己的神秘聲音。為什麼要說是聲音，而不是話語？其實不難看出，這些不同音源的籲求典型地體現出那種缺失的對象，以呼喚填補的方式使真實域的的黑洞獲得若隱若現的效果。而聲音（人聲），恰好也是拉岡例舉的作為小它物的四種局部客體之一（除卻凝視、乳房和糞便），具有其不可解的誘惑力，因而充滿了絕爽的意味。直到最後，「眼前的這些盤子都空著」意味著主體所面對的仍然是亟需「填滿」的空盤，雖然材料具體，但「做點什麼」的念頭又證明了這種「填滿」的願望離實現的可能還有一定的距離。

110 臧棣，《新鮮的荊棘》，頁二三〇—二三二。

我曾經以臧棣的〈紀念胡適叢書〉為例分析了主體在語言符號的傳統構成（形式）與特殊意義（內容）之間的分裂。[111] 在本文裡，我要進一步探討的是，主體如何關聯於大他者符號秩序向小它物的變異，對應於從 S(A)——「被劃除他者的能指」——朝向 J(A)——「被劃除他者的絕爽」——的發展。這種「被劃除他者的絕爽」與陽具絕爽有著顯著的區別：它「雖然也享受小它物，但製造了從那個空缺裡產生出『自身』符號域的個體。」[112] 喬伊斯就是一個「個體」的例子：「他通過將小它物（符號域中的空缺）局部地個體化，成功地將自身主體化。」[113] 晚期拉岡所關注的，正是主體對空缺小它物（比如莊子對蝴蝶）的認同。在臧棣那裡，符號他者的神秘、魅惑、歡樂、狂喜……都是他者的快感維度的表現，是對符號秩序所掩蓋的各種可能性的發掘。那麼，主體自身也不再是完整的了：他努力回到無意識深處的歷程同時也是破除理性文化框架的過程。語言，在這裡所形成的爽意，只能意味著語言的症狀（symptom），當然，這正是拉岡在論述喬伊斯時所說的「聖狀」。

莊子・弔詭・喜劇

在這裡，主體與聖狀的認同便是與語言他者中的空缺與絕爽的認同。在中國傳統思想裡，作為匱乏的主體或作為缺失的他者這樣的概念也都有跡可循，尤其是在道家與佛教禪宗的論說中。莊子在〈齊物論〉中所言「以指喻指之非指，不若以非指喻指之非指也」，就明確提出能指的符號他者具有否定其自身的特質（而這種否定性經由其否定的面貌呈現出來，要勝過經由其肯定的面貌呈現出來），能指不過是占據了符號他者空位的名號。「天地一指也」，也就意味著儘管世界是被能指所符號化的，但「朝三暮四」也好，「朝四暮三」也罷，能指本身卻不可能成為克里普克（Saul Kripke）所謂的「嚴格指稱」（rigid designator），因為能指與所指之間並無絕對確定的對應關係。因此，莊子對語言的態度可以說是對臧棣式「不祛魅」的一種倡導：堅持「謬悠之說，荒唐之言，無端崖之辭」（〈天下〉），也就是堅持了語言內在的非同一性。對莊子而言，語言必然是一種轉義（trope），這是為什麼莊子反對嚴肅或僵硬的語言：「不可與莊語，以卮言為曼衍，以重言為真，以寓言為廣」（〈天下〉），[114] 語言無法逃脫轉義的命運，而轉義，也就意味著能指符號的自我否定，語言只有在自我否定的狀態中才享有符號

111 楊小濱，《欲望與絕爽》（台北：麥田，二〇一三），頁二五二—二五五。

112 Lorenzo Chiesa, *Subjectivity and Otherness: A Philosophical Reading of Lacan* (Cambridge: MIT Press, 2007), p. 188.

113 同上。

114 從莊子那裡說出「不可與莊語」，本身就營造出某種自我否定的反諷效果。

他者的名號。

同時，在莊子那裡，除了莊周夢蝶的故事中蝴蝶作為一種凝視體現了空缺小它物之外，「道」作為一個大他者的主導能指，本身也就是一種「無」。莊子所謂的「唯道集虛」（〈人間世〉）、「太一形虛」（〈列禦寇〉），儘管更具本體論的色彩，但也都或多或少相應於拉岡對大他者之空無性的闡述（儘管二者的終極關懷並不相同）。在道家那裡，「道」的概念本身就有語言的向度，它自然不無拉岡意義上的語言大他者的特性。那麼，莊子所言的「唯道集虛，虛者，心齋也」（〈人間世〉）也就把作為他者的「道」與作為主體的「心」聯繫在了一起：空缺的大他者與空缺的主體是對應的。[115] 正如對於拉岡而言，他者與主體之間的關係「並不是對他者性的廢除，也不是他者被主體吸收，而是主體的缺失與他者的缺失之間的契合。」[116]

臧棣對莊子的推崇是不遺餘力的，他甚至認為，「從詩歌史的角度看，莊子是依然健在的最偉大的寫散文詩的當代詩人。」[117] 他也把莊子的形而上學說聯繫到語言運作中的神秘或虛空上來：「人們喜歡把莊子的逍遙主義解釋成一種哲學態度，一種人生觀，但從經驗的角度看，我倒是覺得，它觸及的其實是一個人如何想像存在的問題。一言以蔽之，它涉及的是神秘主義的話題。這和詩的路徑是一樣的。」[118]

但必須指出的是，臧棣詩歌中的主體匱乏，不是通過認同語言大他者的絕對空無，而是通過認同大他者內部所具有的自我消解力量——那就是意義的絕爽，即爽意的所在。那麼，莊子在形而上的層面所闡述的「道」的空無，在形而下的運作裡則揭示出語言、邏輯，或符號域自身的空缺與缺失。換句話說，如果說莊子的哲學思辯圍繞著「無」和「虛」這樣的概念，那麼他的文學寓言與譬喻則充滿了反諷的罅隙與錯位的快感。比如莊子關於「不材之木也，無所可用，故能若是之壽」（〈人間世〉）這一類的故事，就是關於大他者的符號秩序喪失其終極規範

115 從這一意義上，畢來德對莊子的闡述將莊子的「嶄新主體」視為富於想像力和創造性的語言主體，與臧棣詩歌中所體現的新的抒情主體有著一定的相應。但畢來德此說是否忽略了莊子思想的否定性特質，亦值得討論，因此何乏筆在討論這一問題時「以阿多諾的語言來提問：應如何思考『主體與自身的非同一性』」（〈氣化主體與民主政治：關於《莊子》跨文化潛力的思想實驗〉，《中國文哲研究通訊》第二二卷第四期，二〇一二年十二月，頁四六）仍然顯得關鍵和必要。

116 Alenka Zupančič, "The 'Concrete Universal,' and What Comedy Can Tell Us About It," in Slavoj Žižek ed., *Lacan: The Silent Partners* (London: Verso, 2006), p. 175.

117 臧棣，〈詩道鱒燕〉，《詩東西》第五期（二〇一二），頁二〇六。

118 泉子，〈臧棣訪談：請想像這樣一個故事：語言是可以純潔的〉，《西湖》二〇〇六年第九期，頁七五。荀子曾以為莊子「猾稽亂俗」（《史記・孟軻荀卿列傳》），宋儒黃震亦稱莊子為「千百世詼諧小說之祖」（《黃氏日鈔》）。

的寓言。「日鑿一竅，七日而渾沌死」（〈應帝王〉）則是表明了符號化的失敗：在這一點上，莊子對他者符號秩序的效能抱持極端負面的態度，因為「渾沌」般的真實域非但沒有成功收編到符號域中，反而成為符號化過程的犧牲品。甚至「子非我，安知我不知魚之樂」（〈秋水〉）這樣的說辭也是意在瓦解「A非B，故A不知B之樂」這樣的理性邏輯，但莊子並不提供一個正面的、肯定性的結論，而是用「安知……」這樣的質疑抵達了否定的目標。這一反問並不是簡單的雙重否定所意指的肯定，而是將原有的邏輯掏空，卻不提供一個絕對正確的邏輯化結論。或者說，符號秩序的陷落便是莊子文化批判之鵠的。上文所論及的臧棣詩中常見的否定句式，也是莊子語法的顯著特色。那麼，對「無」和「虛」的形上學思考，必須建立在語言的否定性甚至自反性基礎上。莊子所說的「弔詭」（〈齊物論〉），正是語言中的悖論，標明了語言大他者自身並不是完整無缺的，相反卻充滿了各種不可解的、開放的矛盾。

臧棣的詩中也有經常出現的語言罅隙，迫使抒情主體的創造性從被劃除他者的絕爽那裡凸顯出來。比如：

> 孔雀不跳孔雀舞。／但是我們不服氣，我們斷定／沒有一隻孔雀能躲過／我們的眼神。119

或者：

無窮不夠意思。只顧／躲避你我，藉口是／誰讓你我不止於你與我。[120]

在前一個例子裡的各種錯位裡，「孔雀」和「孔雀舞」之間的錯位尤其可以看作是符號他者無法消泯的真實域的局部，以小它物的絕爽形態瓦解著語言的同一性。〈孔雀舞協會〉這首詩本身就是呈現自然的美麗動物（孔雀）與文化的舞台表演（孔雀舞）之間的微妙聯接與錯迕的一次語言演示。而後一個例子則首先是書寫於杜甫〈登高〉一詩的背景上，只是原來的「無邊」暫轉變為「無窮」，並且落入「不夠意思」的日常俗語裡，還頗為世俗地找了「藉口」來「躲避」，但關鍵是「你我」被說成是「不止於你與我」——亦即，原本簡單化了的純粹你我之間關係（某種語言規定的符號秩序）其實無法規整這個關係內部的真實滿溢。在本詩的下文中，我們會讀到「很多你……」、「很多你我」、「你以為……」、「你我當然不會／在同一時刻領悟……」等一系列擾亂了古典詩學語言可能建立的標準的「你我」秩序（比如，天人合一或物

119〈孔雀舞協會〉，臧棣，《宇宙是扁的》，頁四一。

120〈無邊落木叢書〉，臧棣，《空城計》，頁一九三。

我兩忘的規範）。「不止」和「很多」無不表明了絕爽的剩餘效應瓦解了整一的符號秩序。

詩歌的符號秩序，當然也包括詩學傳統的象徵體系。在這方面，臧棣的努力同樣有著莊子那種「道在屎溺」（〈知北遊〉）的精神：

現在，沒有人／再說月亮是他的膽結石了。121

或者：

我摩挲著月亮的耳朵。／……／月亮的耳朵摸上去／像一塊剛剛被黑布包過的黃玉。／為了獲得準確的感覺，／我特意在撫摩前，洗了雙手。122

前一例中，將月亮這個傳統而言的純潔象徵聯繫到「膽結石」上去，是臧棣的大膽想像，但在這裡，臧棣運用的是更複雜的句式：「沒有人再說」表面上是對此的否定，但否定的只是別人的「說」，並不是創傷性的真實（膽結石）自身，這就使得語言的自律似乎站在嚴正的一邊（不再說月亮是膽結石）；但這種嚴正是否能徹底掩蓋真實的閃現，仍然是個問題，甚至詩句本身對「膽結石」的提及就已經充分說明了「不再說」的語言無法清除怪異的「膽結石」從月亮那裡綻露出創傷性真實域的鬼臉(grimace of the real)。同樣,在後一例中,我們也很難確認,「月亮的耳朵」指的究竟是有著耳朵的月亮還是有如耳朵般的月亮。但無論如何,這個月亮耳朵或耳朵月亮也擾亂了月亮作為象徵規範的意象。而對這個耳朵「摩挲」或「撫摩」或「摸上去」的感受,更是或多或少具有某種輕佻,暗示了月亮在其經典符號框架內的絕爽意味。

這兩個例子,都有頗為明顯的喜劇色彩,也可以說是爽意所顯示出的特殊面向。陳超在較早的一篇論述臧棣的文章中就發現,臧棣「揭示了這代人內心生活(微型劇式的)尚不為人知的『喜劇』領域,表現了這一特殊精神社區的生存和生命狀態。」[123] 而臧棣本人則說:「『喜劇精神』,在中國的傳統文化中,它起源於莊子。」[124] 在莊子的寓言裡,也不乏喜劇性的段

121 〈輪廓學〉,臧棣,《新鮮的荊棘》,頁一九九。
122 〈意外的收穫〉,臧棣,《新鮮的荊棘》,頁一一九。
123 陳超,〈臧棣——精神肖像和潛對話之八〉,《詩潮》二〇〇八年第八期,頁七五。
124 宋乾,〈意淫當代詩歌,林賢治,特殊的知識,詩的快樂,詩的尊嚴:臧棣訪談〉,《詩觀點文庫》http://www.poemlife.com/libshow-1680.htm。

落，有的與機智相關，有的是單純的狂歡，有的與反諷相關，有的是直接的諷刺。「濠梁之辯」當然就是一個典型的例子，反諷式地暴露了邏輯化符號域的自我纏繞與悖論。而在死者前「臨屍而歌」（〈大宗師〉）、「鼓盆而歌」（〈至樂〉）的歡樂景象，則顛覆了「禮」的符號權威，展示了符號秩序無法整合的真實域的絕爽。由此觀之，在莊子那裡，「虛」或「無」並不是實體化的形而上本體，反倒接近拉岡的那個大寫「原物」（Thing），是創傷性絕爽的淵藪，充滿了快感與痛感的陰陽交合。紀傑克對喜劇性，曾經有過下面的闡述：

在主人話語中，主體的身分是由S1，即主導能指（他的符號性頭銜—委任權）來擔保的，忠誠於對主體倫理尊嚴的界定。對主導能指的認同導致了存在的悲劇狀態：主體盡力將對主導能指的忠誠——比如，忠誠於賦予他生命意義和整一性的使命——保持到最後，但他的努力由於抵制主導能指的殘餘而最終失敗。相反，有一種滑動遊移的主體，它缺乏主導能指中的穩定支持，它的整一性是由同純粹的殘餘／垃圾／盈餘之間的關係，同「不體面」的、內在喜劇性的、真實域的星星點點之間的關係而維持的；這樣一種對殘渣的認同當然就引入了存在的模擬喜劇狀態，一種戲仿過程，不斷地顛覆所有堅實的符號認同。125

也就是說，喜劇的要義在於主導能指其實無法持續擔保主體倫理尊嚴，它遭到了自身殘渣的背叛或譁變；那麼，只有滑動遊移的主體能夠以喜劇的樣態現身於主導能指的失敗場景中，演示出符號認同的自我瓦解或自我顛覆。回到臧棣的詩（學），喜劇性同樣意味著符號他者作為主導能指的失效，大他者遭到劃除之後變異為絕爽，也就是對小它物的享受，沉重的悲劇被輕盈的喜劇所替代。同喬伊斯一樣，臧棣以他的「語言噱」，也就是對於語言規範的玩耍式處理，取消了語言大他者的權威秩序。語言的狂歡也是對符號世界試圖壓抑的創傷性快感的擁抱，通過認同自身內在的症狀，將意義讓位於爽意，主體的匱乏反而彰顯出其至為逍遙的面貌。顯然，這一方面體現了精神分析對主體的引導過程，另一方面也在相當程度上應和於莊子對道的認知和追求。

那麼，我們是否也可從莊子思想的政治視野來探測臧棣詩學的文化政治策略？在本篇論文的結論處，我試圖提出的是，只要我們認可，莊子的思想並不僅僅指向消極出世，而是朝向一

125 Slavoj Žižek, *The Fragile Absolute, or, Why Is the Christian Legacy Worth Fighting for?* (London: Verso, 2000), pp. 42-43.

種自由但又充分意識到自由之限度的主體性。[126] 那麼，即使從拉岡的視野來觀察，臧棣的詩歌寫作也同樣將一種新的主體性建立在對應於絕爽他者的基礎之上。因此，臧棣詩所體現的抒情主體便是拉岡意義上「穿越幻想」的主體，也就是認同了症狀的主體：他不再遵循認同主導能指的悲劇邏輯，而是主動地攫取了作為能指雜碎的喜劇性小它物，通過體驗語言規範無法遏止的某種奇異和歧義以及由此蘊含的神秘與魅惑，將意義轉化為絕爽的顯現——也可以說，用語言表達了不可能的絕爽。「穿越幻想」當然也體現了拉岡理論的社會政治向度：拉岡將「穿越幻想」視為訴諸能指的「行動」（act），甚至戲稱研討班十五——《精神分析的行動》——為「切·格瓦拉研討班」。[127] 臧棣的詩歌常常被詬病為象牙塔式徒具形式而脫離現實的詩，[128] 其形式的政治潛力則遭到了忽略。在這一點上，阿多諾就曾提出，「藝術通過對立於社會而獲得其社會性，它只有作為自律的藝術才占據了那個位置」[129]——正是在這個意義上，我們有可能探討臧棣詩學的社會政治向度。那麼，從拉岡的角度看，針對作為形式要素的能指符號的行動便具有革命性的潛能。如果說拉岡的「根本幻想」指的是基於他者欲望的主體欲望建構，那麼臧棣詩歌所代表的「穿越幻想」便意味著打破臣服於符號他者欲望的固有結構，揭示出能指鏈及其欲望溝壑的內在機制，從而抵抗了符號閹割的命運。當符號他者變異為絕爽他者，能指便在快感的樣貌中喪失了其權威的主導力量。這個喪失的過程在臧棣的詩中顯示為語言的喜劇性爽意，在這樣的詩歌語言裡，體現了爽意的主體充分享受了悖論式的自由，同時也顛覆了主流符號體系的虛假秩序與壓抑。

這樣，回到本文的構架上，三個論述的面向提供了對臧棣詩學的深入解析，經由拉岡有關語言、主體、絕爽等理論路徑，揭示出臧棣寫作的內在機制。首先，在語言的層面上，本文在第一節所觀察的不僅是表面上的修辭手段（大部分臧棣詩評都集中於此），而是一種語言他者的激發下形成的新的寫作主體如何以其獨特的風格回應他者的問題。換句話說，在臧棣的寫作中，關鍵在於我們如何發現詩歌語言的問題不僅限於語言本身，而是語言的運作過程如何體現

---

126 我的這個論點在一定程度上呼應了劉紀蕙所闡述的「莊子對於『無』的基進政治理念」，甚至被後人所發展的潛在的「『無』的辯證性與解放性的政治力量」：「《莊子》的『無我』並不是『我』的不在，而是在『彼』與『我』的辯證並存之中，鬆動被執著為實的話語體制，指出時代性意識形態的認識論障礙，質疑其透過表象壟斷之權利，而重新面對交會中的『物』。」見劉紀蕙，〈莊子、畢來德與章太炎的「無」：去政治化的退隱或是政治性的解放？〉，《中國文哲研究通訊》第二二卷第三期（二〇一二・〇九），頁一〇四、一三五。

127 Jacques Lacan, *The Seminar of Jacques Lacan, Book XV, The Psychoanalytic Act, 1967-1968*, trans. Cormac Gallagher. N.P. p. 103.

128 見註2。

129 Theodor Adorno, *Aesthetic Theory*, trans. Robert Hullot-Kentor (Minneapolis: University of Minnesota Press, 1997), p. 225.

出抒情主體與符號他者的博弈。必須強調的是，揭示出二者之間的關係也就同時揭示了抒情主體所代表的歷史主體性。由此，第二節討論了語言層面如何進一步引發出符號他者無法涵蓋的部分——從真實域那裡透露的神秘鬼臉，影影綽綽地消解了語言秩序本身所建構的意義，使得知性的能指變成了快感的所在。那麼，本文對臧棣詩的讀解超越了一般的臧棣詩評對其理念或意義的追索，探討的是原本成為符號指向的意義如何轉化成感性的，但也是自我否定的驅力絕爽——換句話說，在臧棣變幻多端的詩學策略中，語言學是如何蛻變成「語言噱」的。這樣，「噱」的指向也就引向了第三節對臧棣詩如何體現了莊子美學中喜劇性與反諷性的闡述，從前行研究中未能關注到的古典美學範式中開拓出對臧棣詩學（乃至當代詩）與傳統詩學之間聯繫的新的研究路徑，並將傳統美學與拉岡理論交互比照，凸顯出臧棣詩學的特異性與創造性。

第七章

作為鬼怪的文字與筆墨

論丁成的詩與畫

中國當代詩人丁成，一九八一年出生於江蘇鹽城，現居南京。除了詩歌（以及小說、評論等）寫作，丁成還致力於繪畫藝術和電影拍攝，可以說是一位文學和藝術上的多面手。二〇一四年，丁成曾參加了在羅馬尼亞舉辦的米哈伊─艾米內斯庫國際詩歌節時，他的朗誦曾被土耳其詩人貝沙莫格（Ataol Behramoğlu）稱為「中國風暴」。二〇一七年在西安盛大舉行的「八〇後詩人詩歌分享會」上，丁成朗誦他的詩作《甸溝圖等等》，引起譁然，以至於評論家陳仲義最後半嚴肅半玩笑地振臂高呼：「打倒丁成！」是什麼使得丁成獲得如此強烈的正面和負面反響？

從他各個領域的創作來看，丁成無疑是一位典型而難得的先鋒詩人和藝術家，他作品的實驗性和叛逆性都表明了他不斷超前、不斷跨越的先鋒姿態。當然，丁成的所謂先鋒姿態並不僅僅立足於形式上的創新突破。必須指出的是，先鋒必然意味著對現存符號體制的挑戰，揭示出符號體制所遮蔽的真實域鬼怪。而「鬼怪」的形象是紀傑克時常用來比喻真實域突襲的視覺景觀，比如他以電影《異形》裡從人體內部掙脫而出的怪物為例，來說明創傷性的原物（Thing）如何衝破正常世界的符號秩序的束縛而爆發出來[1]。從丁成的詩歌和繪畫作品中，我們也可以捕捉到某種妖裡妖氣的猙獰面目不時威脅著慣常的閱讀或觀看，不時用怪異的語詞或形象驚醒我們。正如對於阿甘本來說，某種「非神學的詩歌」——也可以說是破除了神聖符號的詩——可以被設想成是「虛無主義與詩歌實踐的合一，由此詩歌成為實驗室，在那裡所有已知的形象都被解除，而新的、泛人類的或者半神的生物湧現出來。」[2] 丁成的詩和畫各自體現出魔怪的駭人面貌。

異端書寫對語言的全面顛覆

在二十一世紀中國詩壇一片膜拜雅正和敦厚的氛圍中，八〇後詩人丁成是一個異數。詩人梁平曾說丁成詩歌風格的「尖銳和粗糲……是對整個南方詩歌陰柔、溫潤的一種反動」[3]。我以為，這種溫潤（或儒雅）不僅是南方的，也是中國主流詩壇的基本面貌。尤其在丁成新近的詩集《甸溝圖等等》和《外星人研究》裡，他承繼一九八〇年代先鋒寫作語言上的不妥協，發出了尖銳的不諧和音。在〈一粒什麼〉一詩中，丁成為太陽描繪了一張令人心驚的鬼臉：「太陽露出經血塗完臉蛋詭異不堪／撈不出來丁點笑容的渣滓平靜而陰森……」[4]。太陽作為符號

1 Slavoj Žižek, *How to Read Lacan* (London: Granta Books, 2006), p. 63.

2 Giorgio Agamben, *The End of the Poem: Studies in Poetics* (Stanford: Stanford University Press, 1999), p. 91.

3 〈「江南形態」還是「精神逃逸」？——「南方」詩學指認引發爭議〉，《文學報》，二〇一〇年七月八日。

4 丁成，《語言膏》（台北：秀威，二〇一九），頁七〇。

意象向來具有整飭世界的象徵性功能，在這裡顯現出的卻是——借用紀傑克一篇文章的標題——「真實域的鬼臉」[5]。當然在這裡，臉的「詭異」不僅來自「撈不出來丁點笑容」或「陰森」的外觀，也來自真實域的創傷性特徵，體現在「經血」的性暗示和「渣滓」作為廢棄物的核心物象。對拉岡來說，真實域是無法被符號秩序規整的創傷性深淵，只有從否定、不可能的意義上才能得以理解。對於太陽而言，經血般的渣滓只能作為一種不可能的形象才揭露出符號秩序自身的內在崩解。

在中國當代詩中，對太陽意象的書寫史是個值得探究的話題。早在前朦朧詩時期，芒克的〈天空〉（一九七三）就有「太陽升起來／天空血淋淋的／猶如一塊盾牌」[6]這樣把太陽與暴力連接在一起的詩句。到了後朦朧詩的時代，仍有詩人繼承了「今天派」的傳統，比如第三代詩人孟浪就寫過「太陽呵／你的鮮血往哪兒奔湧？」[7]（〈死亡進行曲〉）或者「黑夜在一處秘密地點折磨太陽／太陽發出的聲聲慘叫／第二天一早你才能聽到」[8]（〈連朝霞也是陳腐的〉），連女詩人翟永明也在她的代表作組詩〈女人〉裡寫過「站在這裡，站著／與咯血的黃昏結為一體／並為我取回染成黑色的太陽」[9]（〈瞬間〉）。這樣具有穿透力的濃烈的詩歌意象，在一九九〇年代後越來越稀少。丁成有一部差不多十年前完成的長詩，乾脆就題為〈黑太陽〉。他在「序詩III」的開頭寫道：「自由殺戮民主和平，轉動不止的黑太陽／亡靈照耀四季，你們不息的黑太陽／病痛暴力瘟疫死亡，滾滾前進的黑太陽」[10]——彷彿太陽的變黑是自然和社會雙重災難的源泉或結果。

無論如何，在現代主義的文學藝術作品裡，太陽作為神聖符號總是難以維持其大他者的輝煌，而是更接近於創傷、受難、灼燒……的形象。假如我們從世界詩歌的範圍來看，「黑太陽」也是曼捷斯塔姆（Osip Mandelstam）詩中的重要的主題意象，這在他的〈哀歌〉中表現得至為明顯。洪席耶（Jacques Rancière）在論述曼捷斯塔姆的詩〈自由的熹暝〉時提到了相關的問題。在那首詩裡，曼捷斯塔姆這樣書寫「太陽」：「太陽看不見，整個的元素／細語，顫抖，生活。／透過網——濃重的熹暝——／太陽看不見，大地漂遠了。」[11] 洪席耶認為，「革命的太

5 Slavoj Žižek, "Grimaces of the Real, or When the Phallus Appears," *October*, Vol. 58 (Autumn, 1991), pp. 44-68.
6 芒克，《芒克詩選》（北京：中國文聯出版公司，一九八九），頁九。
7 孟浪，《連朝霞也是陳腐的》（台北：唐山，一九八九），頁六九。
8 孟浪，《連朝霞也是陳腐的》，頁六七。
9 翟永明，《登高》（台北：秀威，二〇一三），頁二〇。
10 丁成，《黑太陽&黑爬蟲：長詩集》（山東：不是製作&犁書，二〇一六），頁九。
11 Jacques Rancière, *The Flesh of Words: The Politics of Writing*, trans. Charlotte Mandell (Stanford: Stanford University Press, 2004), p. 27.

陽……是一顆看不見的星辰，並不照亮，而是被包圍在它的類似物，它的無限隱喻化的霧霾組織之中。」[12] 而究其原因，「革命的太陽升起在相似性的象徵空間裡」[13]，這也是曼捷斯塔姆反對象徵主義的緣由。那麼，在中國當代詩裡，象徵符號的衰微直接引發了對創傷內核的體認。到了丁成那裡，太陽的象徵符號進行了更加劇烈的變異，我們也更清晰地看到了神聖符號更具創傷特性的「真實」面貌。

把太陽符號處理成鬼臉或怪臉，與丁成詩中對魔怪形象的一貫興趣密切相關。「雲層繡上鬼頭大面孔」[14]（〈用萬里無雲來形容藍〉）這樣的詩句是否也是在描寫太陽不可確定（即使詩中上文有「這一頁記錄舊陽光」[15]），但和「妖面逮一陣／巨大發光正對鋁合金窗」[16]（〈鑿稀〉）或「經過一再壓縮提純罪惡的超級怪胎更黑暗」[17]（〈被提純過後形成密度很高〉）這一類詩句同樣勾勒出鬼臉的形象，作為從光明中突兀而出的黑暗，也以怪物的容貌映襯出紀傑克式的激進政治主體。除了電影《異形》，紀傑克常用的例子還有美杜莎之頭。紀傑克認為，美杜莎頭顱上的直視目光便是拉岡作為「小它物」（objet petit *a*）的凝視（gaze），透露出無法直接顯示的創傷性原物（Thing）[18]。

這樣的「魔怪客體」（monstrous object）在丁成的詩中以多重的樣貌體現出他對於創傷性

原物的敏銳追問。詩集《外星人研究》可以說就是對「異形」的深入探索。〈大魚泛白光〉一詩中描繪了「泛白光的宇宙」裡各種「異形」的樣貌與行為：「紅脊背馱著空找你／兜售帶棱邊的層次感／分明是零下四度的鐵渣／嗷嗷成人形，你說著走形的經文」[19]。無論是「紅脊背」，還是「帶棱邊」的什麼，都令人聯想起山海經式的怪異生物，但又「嗷嗷成人形」——儘管披上了「人形」外衣，但「嗷嗷」的慘叫聲暴露出無法用語言表達的創傷內核。「零下四度的鐵渣」不正是痛感的換喻嗎？這個接近人間的溫度（冷度）恰好暗示了外太空或許只是一個為了真實世界而虛擬的所在。在這裡，甚至「經文」都是「走形」的，意味著符號秩序在異形世界的變異或扭曲。

---

12 同上。

13 Jacques Rancière, *The Flesh of Words: The Politics of Writing*, trans. Charlotte Mandell, p. 30.

14 丁成，《語言膏》，頁九四。

15 同上。

16 丁成，《語言膏》，頁八四。

17 丁成，《語言膏》，頁五五。

18 Slavoj Žižek, *The Plague of Fantasies* (New York: Verso, 2008), p. 224.

19 丁成，《語言膏》，頁一五四。

劉正忠（唐捐）在《現代漢詩的魔怪書寫》中梳理了從魯迅到洛夫詩中的魔怪意象，他敏銳地指出魯迅「將抗神、敗德、尚力的魔，視為詩的核心元素，……惟魔之為物，終究帶有西方悲劇英雄的色彩」[20]。到了洛夫那裡，悲劇更多的是「緣於強烈的受難意識，洛夫在詩裡，詩中熱衷於身體傷亡的表演」，而「身體碎裂的形象，則再度成為徹悟的表徵」[21]。如果說魯迅和洛夫的寫作可以看作是現代主義的範本，那麼丁成的後現代風格便不再有「道高一尺，魔高一丈」那樣將魔怪的形象翻轉為反抗者的英雄主義，也不再通過身體的傷殘獲取超越的契機。丁成詩中的創傷化身體顯示出既可怖又可笑的形象，體現出種種自我矛盾的向度。

在丁成近年的作品裡，我們更多看到的是一個暴虐的世界通過歪扭變形的語言狀態獲得表達——這種語言總是暴露出對創傷內核符號化過程的滑稽或失敗。比如這樣的詩行：「裂開雙方又分分合合在對砍／一道語言剛結痂就遇見／新的過年隊伍」[22]（〈雙方舉著縫〉），勾勒出一個猙獰的社會畫面，但這裡某種被符號化的創傷（身體「對砍」後的語言「結痂」）是很容易就和快樂生活（「過年隊伍」）粘合在一起的。這首詩的結尾處，丁成描繪出一個怪異破碎的古典詩境：「越來越遠賣時間者不知所蹤／提膝極目已經到處茫茫」[23]無疑暗含了寒山詩「極目兮長望，白雲四茫茫」[24]的意境，但這個經典的畫面中遠去的卻是「賣時間者」（販賣時間是否意味著在一個集權化和商業化結合在一起的時代裡歷史都隨時遭到的兜售？），並且

「提膝」行為使得主體的形象顯得多少有些古怪。從原已典律化的符號體系那裡重新繪製出一個變異的場景，可以說是一種將正劇喜劇化的努力，揭示出主體的困頓和無奈。

主體的困境當然也就是語言的困境，能指的困境。在丁成近年的詩歌寫作中，最引人注目的要算是以詩集《甸溝圖等等》為代表的「抽象詩」寫作了。在時常被稱為「抽象詩」的寫作實驗競技場上，丁成走在最前端，經由棄絕漢語句法、詞法的種種努力，反倒展示出漢語的蓬勃生機，也強行踩踏了當代詩可能（甚或不可能）抵達的邊界。在目前可見的資料範圍內，漢語當代詩中最早實驗抽象詩的可能是上海的吳非，在徐敬亞、孟浪等編的（俗稱紅皮書的）《中國現代主義詩群大觀1986-1988》裡，他以自立門戶的「主觀意象」詩派被收入。吳非寫於一九八六年的〈窗口〉一詩拆散了原本規則的組詞和句法結構，成為漢字的拼貼藝術：「晚一個風向／過雨／回你時的／下陣裡有的是／雨聲／／發把到頭了的／就你松時／／細的子／細

20 劉正忠，《現代漢詩的魔怪書寫》（台北：學生書局，二〇一〇），頁七九。

21 劉正忠，《現代漢詩的魔怪書寫》，頁二二四。

22 丁成，《語言膏》，頁一五三。

23 同上。

24 寒山，《禪家寒山詩注》（台北：正中書局，一九九二），頁一〇六。

著」[25]。不過，「抽象詩」的概念是由另一位上海詩人許德民提出的，意在與抽象繪畫（及視覺藝術）相對應，形成一種以文字（而不是語義）及其非語法組合為詩學要旨的寫作形態。假如說抽象藝術取消了可辨識的人物或事物形象，那麼抽象詩則取消了可理解的語言的意義。這並不是說抽象詩就缺乏意義，但它的意義來自類似繪畫筆觸的文字潑灑、堆疊、抵牾或塗抹——它不具有通常的語義，而更接近（無標題）古典音樂的精神律動。如果說許德民四言為主的抽象詩略似《詩經》的風味，丁成的語言實驗給抽象詩帶來了更加自由的形式，出入無礙的狀態。

丁成的異端在於他從表面的現代詩形態出發，而注入的文字行動則足以內爆（implode）現存的語言體系。他的詩不是朦朧的，而是拒絕意義的。這差不多印證了法國精神分析理論家拉岡（Jacques Lacan）在區分能指與文字時所表明的：能指屬於符號域（the Symbolic，語言法則所整飭的世界），而文字屬於真實域（the Real，語言無法控制的精神深淵）。我們也不得不想起拉岡在論及喬伊斯時借用的喬伊斯《芬尼根守靈》中對「文字，棄物」（letter, litter）的感歎，進而明確提出「文字便是棄物」[26]。文字只有在廢棄的狀態下，才能解除符號執迷，抵達意緒的創傷性絕爽（jouissance）——漢語語法的符號秩序遭到了拆解，成為語言的廢墟，而恰恰是這樣的語言廢墟彰顯出主體的創傷內核。

「乎加凶根吉星未遠，神結板目是時松」[27]（《甸溝圖等等》）這樣的詩句，劈頭就給我們丟過來一顆顆難以咀嚼的漢字碎石。在丁成的這些深具破壞力的詩篇裡，我們首先看到的是文字獨立於語法和構詞的書寫：分行的詩，但文字以拼貼或廢棄狀態呈現，顛覆了正常的語義。但這其實並不是全部。實際上，丁成並沒有機械地堆砌單字，而是在一種時而有跡可循時而無跡可求的漢字組合軌跡中鋪展出千變萬化的意緒。比如，「雨跛。階階噓蘭鐵先周。西元六百五十年／詩是黏稠之物。紫柱甲橫，複照貪／懶團就江一丈山」[28]（〈詩是黏稠之物〉）這樣的詩行結合了相對常態的語句和摧毀意義的語句，但我們可以隱約察覺到傳統文明的碎裂和式微，這也是經由漢字對漢語的瓦解來暗示的。〈籠鳥攢猛娼〉一詩採取了首尾呼應的結構，以「黑笛患風籠鳥攢猛娼」[29]作為首行和複遝的末兩行，儘管抽離了通常的語義，但保留了詩的

---

25 徐敬亞、孟浪等編，《中國現代主義詩群大觀1986-1988》（上海：同濟大學出版社，一九八八），頁二三九—二四〇。

26 Jacques Lacan, *The Seminar of Jacques Lacan, The Sinthome, Book XXIII*, ed. Jacques-Alain Miller, trans. A. R. Price (Cambridge: Polity, 2016), p. 145.

27 丁成，《語言膏》，頁一四。

28 丁成，《語言膏》，頁一一八。

29 丁成，《語言膏》，頁一二一—一二二。

某種形式要素，從而在「笛」和「風」之間，「籠鳥」和「娼」之間，「黑」和「摜」和「猛」之間，感受到某種蕪雜錯亂的但或許隱秘的連接。假如這種錯亂是抒情主體在社會他者境遇裡的「被錯亂」，我們也就不難理解為什麼帶有古典意境的「笛」和「風」會穿插在其他那些更具現實感和切膚之痛感的詞語縫隙中了。

無論如何，我們也的確可以從漢字的廢墟中試圖把握到丁成的基本詩學指向。總體而言，丁成所選取的字詞都有某種狠勁，或者用康德的美學分類來說，占據主導地位的不是優美感（beautiful），而是震撼力（sublime）。就拿〈戰茶裂〉的前兩行來看；「歸茶燙。揪清捫毀，時／韻租響倚鄰灑必再剿」[30] 就集中了「燙」、「揪」、「捫」、「毀」、「剿」這些具有某種「戰」鬥性的動詞（或形容詞），甚至「必再」這一類的副詞也充滿了相當的決絕意味。類似的還有〈武夷山〉一詩中的「槍藥光。槍裁。槍屢垂絲禍／槍嘴防匡由刪芥虎擂」[31] 這樣用「槍」來串聯起排比句的短詩。當然，這依然不是全部。

「槍」的反覆出現還經由這個字的字音來產生一系列清脆的、具有穿透力的聽覺效果。拉岡在提出「小它物」概念時以聲音、凝視等為例闡述了欲望的魅惑緣起。小它物本身就是真實域創傷核心的殘餘。在很大程度上，掙脫了能指符號的漢字也體現了聲音小它物的這一面向。

丁成的〈救護車尖銳呼嘯著被堵在人群中央〉整首詩全部以「埃裡俄姆巴格桑，起畏哀裡哦哦／埃裡俄姆多格桑，起畏哀裡嘟嘟」[32]這類的象聲詞或接近象聲詞效果的字詞迴旋式地鋪展而構成。顯然，這些字詞不傳遞明確的語義，但就接近人聲的聲音本身而言可能傳遞出更具意味的心緒。被堵的救護車無奈地困在人群裡，發出「哦哦」的哀叫聲和「嘟嘟」的急迫喇叭聲，顯得比意義明瞭的呼救更加無助。

對象聲詞或語氣詞、感歎詞的重用，應和了拉岡晚期的「餘言」（lalangue）概念（相異於「語言」，la langue），特別是「餘言」在喬伊斯（James Joyce）小說裡呈現出來的樣貌。不難發現，對拉岡而言，「『餘言』相關於聲音與發聲，及作為小它物的音素，均比字詞或陳述道出的要更多」[33]。換言之，「餘言」既是語言的一部分，又是語言自身試圖擺脫意義束縛的力量，是維繫在生命上的衝動，體現了一種「他者絕爽」——「他者」（意謂語言的大他者）是

30 丁成，《語言膏》，頁三二。
31 丁成，《語言膏》，頁三四。
32 丁成，《語言膏》，頁一二三。
33 Raul Moncayo, *Lalangue, Sinthome, Jouissance, and Nomination: A Reading Companion and Commentary on Lacan's Seminar XXIII on the Sinthome* (London: Karnac Books, 2017), p. 28.

主體不可能逃脫的符號性宿命，但與身體性的絕爽是無法分割的。這裡的「絕爽」當然不是簡單的愉悅，而是快感與痛感的辯證交織，正如一個象聲詞或語氣詞常常含有效果或情緒的多重性，往往不具備一般的語詞的明確指向。敬文東在《感歎詩學》一書中也對詩中的感歎特性作了深入細緻的梳理，他同樣指出：「之所以有如許感歎——無論驚訝還是慨歎——存乎於人心，之所以以哀悲為歎的美學原則能大行其道，數千年來被中國讀書人追捧有加，大有可能是因為滄桑世事中，『確』有大量不『確』定性在四處遊蕩」[34]。

正如拉岡所引的索雷爾（Philippe Sollers）對喬伊斯的評語——「喬伊斯以一種英文不復存在的方式來書寫英文」[35]，丁成也使用了一種反漢語的方式來書寫漢語，而這種反漢語實際上卻又通過解除漢語的規則，挖掘了符號秩序之下奔湧而出的創傷性真實域。比如，經由對於同音字（及近音字）的諧音式排列、組合或鋪展，漢語中的漢字可以呈現出完全相異甚至衝突的面貌。比如在〈淫姿里〉這首詩裡：

影子裡又一次須發出駭人聽聞的爆炸
引資理由一次辦法出駭人聽聞的爆炸
銀子裡有意此般發出駭人聽聞的爆炸

淫姿利誘以此般發出駭人聽聞的爆炸

實際上，所有的窗簾背後
都隱藏著幽靈，所有的幽靈背後
都隱藏著影子[36]

在第一節這字數相同的四行裡，對同音字或近音字各異的拼貼甚至造成了每一行前九字變換出2＋1＋3＋2＋1、2＋2＋2＋2＋1、2＋1＋2＋2＋2和2＋2＋1＋2＋2的不同組詞格式。當代詩對於諧音法的運用，從朦朧詩之後的寫作中，就有不少表現。比如周倫佑的長詩〈頭像〉近結尾處有五行用近音字（或四川話的同音字）的方式諧擬了古詩和俗語，比如「落泥招大姐，馬命風小小」[37] 諧擬了杜甫〈後出塞五首（其二）〉中的「落日照大旗，

34 敬文東，《感歎詩學》（北京：作家出版社，二〇一七），頁四二。

35 Jacques Lacan, *The Sinthome: The Seminar of Jacques Lacan, Book XXIII* (Cambridge: Polity, 2016), p. 3.

36 丁成，《語言膏》，頁一三五。標題中的「里」因簡繁轉換誤植為「裡」，在此改正。

37 周倫佑，《周倫佑詩選》，頁一五三。

馬鳴風蕭蕭」[38]，「熟讀唐屍三百首，不會淫屍也會偷」[39] 諧擬了「熟讀唐詩三百首，不會吟詩也會偷」（俗語變異自「熟讀《唐詩三百首》，不會吟詩也會吟」[40]），等等。臧棣的詩也有對諧音的多處借用，例如「鮮花如陣陣閒話」（〈靜物經〉）[41]，「他妹妹／曾對我有過多年的感人（趕人）的好感……啤酒液／適於滋潤含混的蜜語（謎語）」（〈書信片段〉）[42]，「同透明膠帶（交代）的一樣」（〈年終總結〉）[43]，「感謝詩裡有濕」（〈金不換協會〉）[44]，「背景當然是北京」（〈知春路〉）[45]，「細如精細，那的確是／我們在回憶或人生中／能擁有的最好的驚喜」（〈抒情詩〉）[46]，……每每通過對於能指滑動的展示來瓦解符號秩序的統攝。

回到丁成的〈淫姿裡〉，第二節的三行突然又轉向了對「幽靈」和「影子」的捕捉。也可以說，即使沒有形象化的鬼魅，諧音也正是一種語言的幽靈，遊移在詞語的縫隙中，成為語言內爆的誘因。再者，當第一節那四行的前兩字從「影子」向「引資」、「銀子」一直到「淫姿」的不斷變幻，我們不難發現當代社會（群魔亂舞的影子或幻影）朝向一個金融或財富網路（引資、銀子）的突進，朝向一個肉體狂歡（淫姿）世界的投入。而這一切，都逃不脫「駭人聽聞的爆炸」——現實與想像的災難或變革。

即使在如〈趕苗黃昏栽成老木櫃〉這樣保持了一定句法構成的詩作裡，我們也不難發現極為跳脫的超現實塗抹（這與丁成本人的視覺藝術創作不無關聯），其中具象的元素朝向抽象的領域不斷蔓延。而從另一個方向著眼，「抽象」的圖景也未必純粹到不可捉摸的地步，只不過是呈現出大象無形的化境罷了。比如〈藤澆結〉一詩的前兩行「搭枯花綠之苔蘚美苦／細雨。金靈。藍頂棚」及下文的「喂鋤閣牢噬華髮棕裙／遍地盆豁影不直」[47]都依稀可辨花草種植的意象幻影。毫無疑問，這正是丁成詩歌寫作的特異所在：遊刃於抽象與具象之間，通過對能指符號的撒播展示出意義崩潰的悲壯過程。而這樣的文字行動（act）又反過來暗含了對自由的文化烏托邦的追索。正如本雅明所描繪的，在歷史的廢墟上才飛翔起救贖的天使。

38 杜甫，《杜詩詳注》（北京：中華書局，一九七九），頁二八六。
39 周倫佑，《周倫佑詩選》，頁一五三。
40 〈〈唐詩三百首〉蘅塘退士原序〉，《唐詩三百首》（台北：商周，二〇一八），頁九。
41 臧棣，《未名湖》，頁九九。
42 臧棣，《燕園紀事》，頁一二四—一二六。
43 臧棣，《燕園記事》，頁一一四。
44 臧棣，《空城計》，頁一六一。
45 臧棣，《新鮮的荊棘》，頁三三四。
46 臧棣，《新鮮的荊棘》，頁四六。
47 丁成，《語言膏》，頁一六—一七。

氤氳、灘塗與歪像：丁成的繪畫創作

什麼是當代意義上的「畫中有詩」和「詩中有畫」？作為當代詩人兼藝術家，丁成不再表現摩詰詩和畫的空靈意境。但詩畫互證的契合感並未減弱。只能說，丁成的詩有一種視覺向度上的炸裂感和瓦礫感，而丁成的畫有一種文字向度上的書寫痕跡——無論是字元意義上的，還是筆墨意義上的。當然，和他的詩一樣，丁成的畫也產生出相當大的衝擊力和爆發力，或者可以說同樣昭示了這樣一個美學法則：破壞力同時正是一種創造力。

但，破壞什麼？如何破壞？在《爬著爬著掛回原位》（1-7）和《般若波羅蜜多心經》（1-4）這兩個系列裡，我們可以看到，中國傳統書法的元素被保留了，但文字呈現出自由、散亂和殘破的局面。《爬著爬著掛回原位—3》和《爬著爬著掛回原位—4》遠看既像是飄浮在空中的羽毛又像是各種擠在一起飛舞在空中的蟲鳥，細看之下是一些漢字和漢字殘缺部分或部首的隨意集合，大小不一，（墨色）深淺各異，與傳統書法相比，雖保留了筆墨的意趣，但文字（或文字的碎片）本身並無常態的「意義」可言，而是呈現出無序的拼貼狀態。換句話說，作為文化權威的能指秩序遭遇了嘩變，漢字的表意功能遭到了瓦解。這個做法與徐冰《天書》那類作品似有異曲同工之妙，不過丁成更強調的不是印刷和典籍的體系，而是文人書寫的傳統；丁成畫中的書寫符號也並沒有徐冰式的偽漢字，而是無法整合的、被肢解的，並且失去組句組詞甚至組字功能的漢字（這一點，與他自己的「抽象詩」寫作保持著同一個指向）。可以說，丁成的這一系列繪畫創作與詩歌創作密不可分：都致力於對於語言大他者的某種內爆式的瓦解。必須再次強調的仍然是文字與語言的差異。甚至，在《爬著爬著掛回原位》系列裡，文字本身也遭到了肢解：詞語分解成了字，字分解成了偏旁，偏旁又分解成筆劃……。這簡直有點像莊子《天下》篇裡所說的「一尺之棰，日取其半，萬世不

丁成，《爬著爬著掛回原位-3》

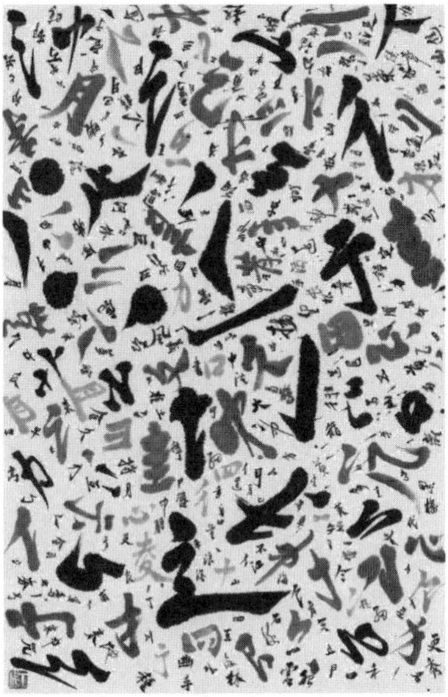

丁成，《爬著爬著掛回原位-4》

竭」[48]了。但這些又都混雜在一起，成為符號域和真實域之間剪不斷理還亂的表徵。丁成自小習書法，深諳宣紙上漢字的符號性構成。但他更有興趣挖掘的，是漢字本身的創傷內核——那個構成漢字基本形體的一筆一劃。顯示出殘缺紊亂樣貌的漢字可以說是漢字的鬼魅，是掙脫了符號秩序的漢字幽靈，體現出被符號秩序壓制的內在絕爽。

丁成另有幾幅畫作——如《被大爆炸驚醒之後》、《安眠藥中的翻斗車》、《早安》、《進化之旅》，甚至包括彩色的《世界還是有希望的》、《一連串語病》等——或抽象，或具象，但也都保留了傳統水墨的元素，並通過枯潤濃淡的豐富變幻，將石濤的「氤氳」觀推進到現代繪畫實踐中——「筆與墨會，是為氤氳，氤氳不分，是為混沌」[49]。拉岡（Jacques Lacan）在他的第十四期研討班《幻想的邏輯》上提出的「一畫」（unary stroke）概念正是出自石濤《畫語錄》中的「一畫論」（經由程抱一的推介），而「一畫論」的理論基礎便是「氤氳」說。拉岡以此呼應了他對符號域與真實域關係的思考：能指秩序構成的符號域與深不可測的黑暗真實域二者不是對立的、截然分割的，而是互為表裡，如莫比烏斯帶兩面的相互轉換；換句話說，筆觸所經營的點線面作為符號元素，本來似應提供某種界定性的意義，但經由水墨所帶來的不確定、模糊和偶然，鋪展出符號的自我消解狀態。「氤氳」乃至「混沌」，恰恰是真實域從符號域內部顯示其難以壓制的謎樣態勢。[50]必須再次強調的是，丁成畫中的「氤氳」不再有傳統繪畫的「氣韻生動」，反倒把那種氣韻轉化成霧霾般的廢氣，一方面包含了對當代生存境遇的直接控訴，另一方面也是對當代社會精神的無情體現。比如《浩瀚是用來形容星空的最渺小的詞—1》、《浩瀚是用來形容星空的最渺小的詞—2》這兩幅，可能是丁成畫作中最具抽象特性的，顯示出一種迷濛的空間氛圍，但即使如此仍然未必沒有具象化的可能。這樣的畫面既可以看作廣袤星空的景觀，也可以看作煙灰彌漫的現實場景的取樣。而相似度頗高的《蒙娜麗莎》卻亦可認作女性毛茸茸的私處，使得畫面的視覺聯想在各種具象或抽象效果之間難以確認。假如說丁成的這種混沌感根植於石濤的「氤氳」觀，他顯然更強調的不是「天人合一」的古典情懷，而是絕對的模糊和朦朧，同時指向了難以承受的現實客體和無法廓清的精神狀態。甚至，對於「高遠」境界的追求被現實或肉體的「低下」狀態所替代，切近了當下可感的客觀與主觀領域。

丁成的繪畫往往如此遊移於具象與抽象之間，將古典的意境轉化為當代藝術的隨機與塗抹。《在更快樂的原則下》這個標題所指示的「比快樂更快樂」恰好可以和拉岡的「剩餘快感」（surplus jouissance或plus-de-jouir）概念相連接，而畫面所體現的紊亂躁動更直接出示了「剩餘

48 莊子、郭慶藩，《莊子集釋》，頁一一〇六。

49 道濟，《石濤畫語錄》，頁七。

50 我不贊成將石濤的「氤氳」和「混沌」這兩個概念看成是對立的概念。從《畫語錄》的原文看，「混沌」對石濤而言無非是「氤氳」的極端或極致狀態。

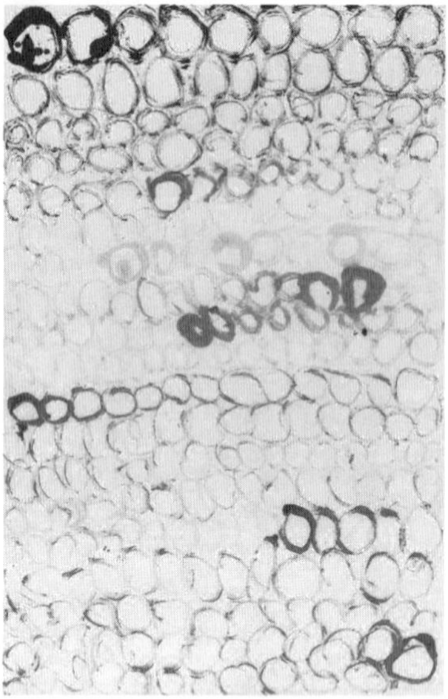

丁成，《一連串語病》

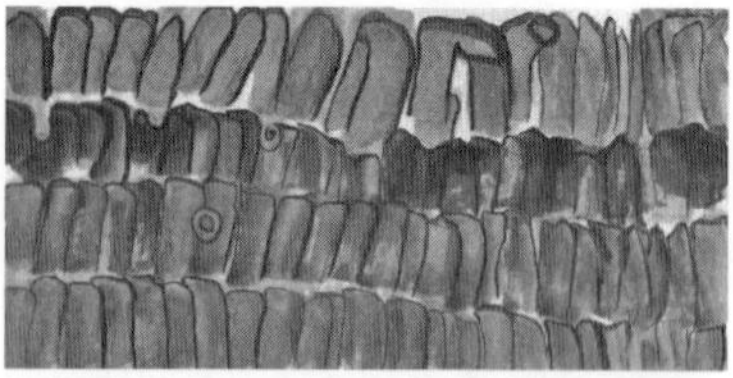

丁成，《世界還是有希望的》

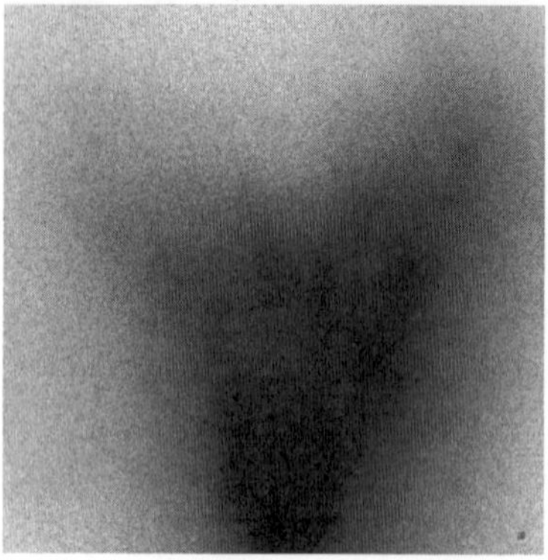

丁成，《蒙娜麗莎》

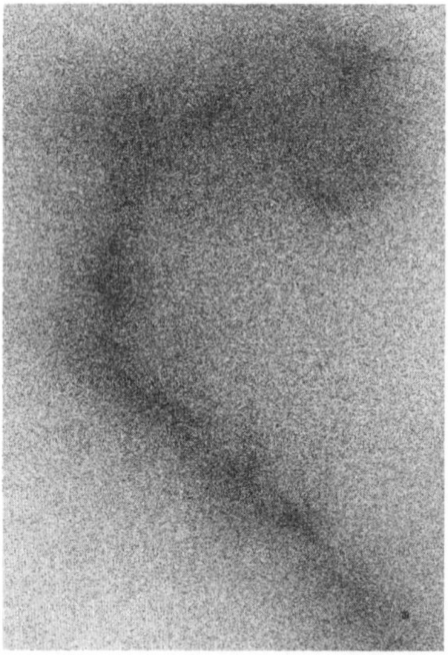

丁成，《浩瀚是用來形容星空的最渺小的詞－1》

丁成，《浩瀚是用來形容星空的最渺小的詞－2》

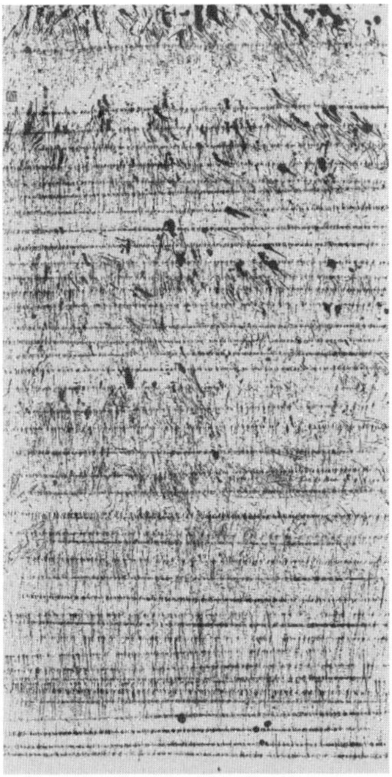

丁成，《在更快樂的原則下》

丁成，《公轉軌道被某些行星險惡地私有化了》

丁成，《猶如錯動不停的語法敗局》

快感」亦即「絕爽」所透露的真實域污漬。畫面上相對平行的無數條水準虛線在略似蝌蚪狀的墨蹟襯托下貌似樂譜，但那些墨蹟卻又並非樂譜上的音符，而是筆墨隨意揮灑或擦抹的痕跡。這些點狀、豎條狀或蝌蚪狀的墨蹟更像是要衝破橫隔著的鐵絲網的禁錮：在最上端的部分，可以看到許多跳躍著掙脫了束縛的影子。這幾乎就是一次快樂的革命性越獄，讓真實域的污漬肆意爆發，擺脫了符號秩序的禁閉。

在丁成另一些畫作中——如《猶如錯動不停的語法敗局》、《公轉軌道被某些行星險惡地私有化了》——真實域對符號域的消解或塗抹同樣尤為顯見。《公轉軌道被某些行星險惡地私有化了》用紅色和黑色（加上少量藍色和橙色）劃出了似字而非字的紊亂線條，粗看有如文革中面目猙獰的大字報的某個局部，揭示出作為符號的漢字與作為真實的亂塗之間的交界地帶——這個交界地帶便是拉岡稱為「灘塗」（littoral）的界域。拉岡曾提到自己赴日本旅行途中，坐飛機在西伯利亞平原上空看到的灘塗景象：交錯的河流及其形成的灘塗——正是水岸在河流的「塗抹」下形成了灘塗的現象。他把自己在西伯利亞上空看到的河流「讀作……隱喻性的寫作蹤跡」，這種灘塗的形態恰好就體現了「純粹的擦拭」，意指了遭到能指沖刷和洗滌（符號化）的過程中的文字蹤跡作為泥沙存留（真實域的殘留）的特性。甚至，丁成畫中的符號性元素超越了漢字，比如《在無邊無際的海洋中要找到他幾乎是不可能的》中，這種灘塗景觀中我們看到的是被擦拭後的英文。中間潑上去的墨似乎是東方文化的表徵，但處於污漬和藝術之間無法判定，用混沌的精神來塗抹並改寫本來（雖很粗大）也語義不明並且已經頹然倒下的英文。在丁成的這些畫裡，忽隱忽現的文字有一種能指符號被沖刷後泥沙俱下的樣貌：任何能指符號本身都無法掩蓋其難以符號化的真實域痕跡。《集中清理審批相關仲介服務》這樣的作品呈現的也正是典型的灘塗式畫面：丁成似乎是直接在印滿了文字的報紙上施以墨彩，而被覆蓋的印刷文字彷彿歷經了塗抹而依舊若隱若現。

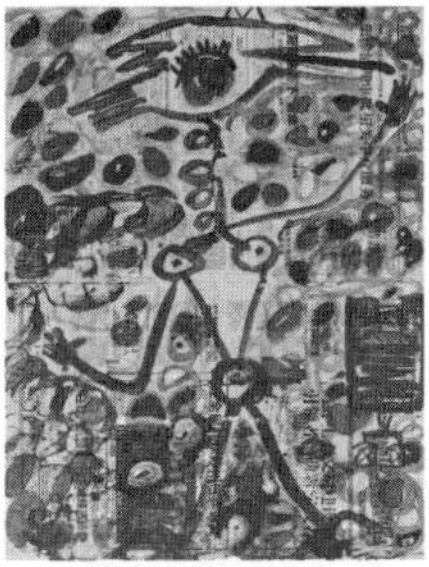

丁成，《集中清理審批相關仲介服務》

丁成，《在無邊無際的海洋中要找到他幾乎是不可能的》

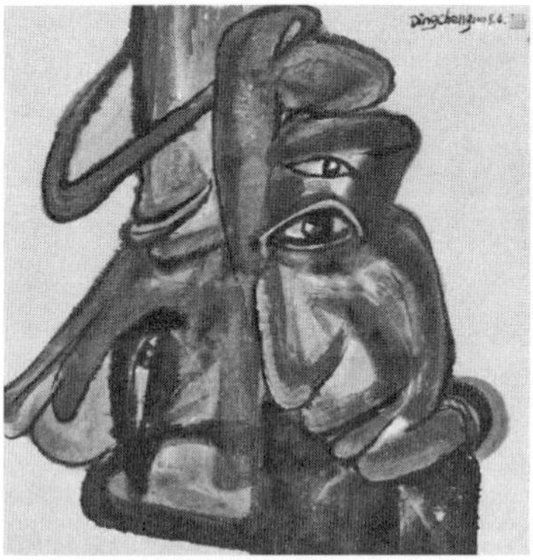

丁成，《瞳孔裡發著好奇的光》

丁成，《這麼做，也許只是因為太饑餓了》

丁成，《像是，一個還沒有完全長好尾巴的海盜船》

丁成，《我用詩也說不明白》

這就是為什麼我們在丁成的畫裡也看到了他詩中的那種符號的崩裂，或者說，在符號域崩裂過程中顯露出來的真實域痕跡。這也體現在丁成的畫作中——如《瞳孔裡發著好奇的光》、《這麼做，也許只是因為太饑餓了》、《像是，一個還沒有完全長好尾巴的海盜船》、《它們弄出動靜來》、《我用詩也說不明白》等——大量出現的神秘眼睛，閃爍出拉岡意義上的「凝視」。這些神秘眼睛的背後透露出令人相當不安的意蘊，正契合了拉岡對凝視作為「小它物」的界定。在拉岡的理論中，「小它物」是一個至為關鍵的概念，它意味著符號域無法遏制真實域滲漏出污漬殘渣，或者無時不在扮出鬼臉。《無巧不成書地完成了一次劫後小插入》、《我只會記住能夠忘記我的人》、《七點鐘為七點零一分親自上發條》、《錯覺佔據上風》等幾幅乾脆就把怪眼和怪臉結合在一起，將恐懼、驚異、搞笑、威脅、癡呆等不同意味奇妙地凝聚到同一個畫面內，成為對一個時代主體性的精確隱喻。在這個面向上，丁成還執導過一部電影《我是誰從哪里來到哪里去》（二〇一五），影片塑造了一個悲喜劇合一的魔怪般藝術家形象，體現了他的一貫追求。而丁成畫作所體現的主體也已不再僅僅是被他者秩序嚴格規整的符號化主體，而是通過表達無法被完整符號化的視像，探索主體如何染上了真實域的濃重陰影。在《1+1=7》裡，一個有貓鬚的綠色人物被紊亂的黑色霧氣所籠罩，並且面對一個具有威脅性的，類似蟒蛇的怪物頭型。《1+1=7》這個標題凸顯了世界的荒謬感，墨蹟背後被遮蔽的印刷文字若隱若現，再次體現出符號域遭到真實域的創傷性內核爆破後的狼藉態勢。

丁成，《它們弄出動靜來》

丁成，《七點鐘為七點零一分親自上發條》

丁成，《無巧不成書地完成了一次劫後小插入》

丁成，《我只會記住能夠忘記我的人》

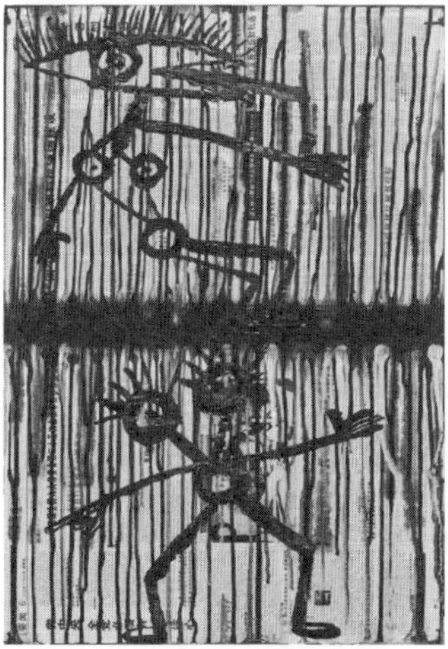

丁成，《錯覺佔據上風》

丁成，《神吉板目是時松》

丁成，《1＋1＝7》

丁成，《滑鼠一點，就可以買氣》

必須特別注意的是，《錯覺佔據上風》、《1＋1＝7》、《集中清理審批相關仲介服務》、《神吉板目是時松》、《滑鼠一點，就可以買氣》等一大批作品都是用現成的報紙替代了畫布做背景材料的。也就是說，在這些作品裡，所有的畫面都建立在現有的報紙文字基礎上。這個做法當然不容小覷。這裡，拉岡的「灘塗」概念也勾連上了德里達（Jacques Derrida）的「痕跡」（trace）和「擦抹」（usure）的概念。德里達對「書寫」的強調也表明了所有的書寫都是具有「延異」（différance）特性的書寫，「沒有什麼是在上下文之外的」[51]。「擦抹」這個關鍵字意味著為什麼德裡達關注於如何「重新激發原初的銘文並重新恢復羊皮紙的書寫」[52]。而丁成的繪畫策略正與羊皮紙的書寫相同：任何的塗抹或在其上的重新書寫都無法徹底擦拭掉原有的痕跡。換句話說，所有的書寫都是與過去書寫的合謀，在重新書寫中一方面塗抹，一方面保留了原初的印記。那麼，代表了主流話語的報紙（及其占據統治地位的書寫體系）在被塗抹的過程中依舊沒有遭到徹底的覆蓋，意味著一種全然的決裂、棄絕或脫逃並無可能；實際上，丁成提請我們認識到這個符號化的背景作為規範性的「大他者」始終占據著如來佛手掌般的地位，儘管遭到了必然的玷污和篡改。像《滑鼠一點，就可以買氣》這幅畫的標題就來自背景《蘇州日報》上一篇新聞報導的標題，原文還有一個副標題《滑鼠一點，就可以買氣——國內首個工業氣體電商平臺在蘇上線》。但這幅畫的英文標題卻叫做《Click the Mouse, and You Can Buy Something That You Hate》，暗示了丁成標題中的「氣」已經不是新聞報導中的「工業氣體」，而是「生氣」或「氣憤」。這幅畫的畫面本身也不再追求傳統的「氣韻」，而是用彩色線圈式的無盡纏繞顯示出內心的糾結。

既然所有的書寫都是重新書寫，所有的繪畫都是重新繪畫，丁成的視覺藝術創作也在相當程度上回應了中外的經典藝術。在怪物的向度上，丁成的視覺元素也很容易令人聯想到波希（Hieronymus Bosch）繪畫中常見的魔怪形象，不過丁成大量融匯了拼貼、塗鴉等當代技法，

---

51 Jacques Derrida, *Limited, Inc.* (Evanston: Northwestern University Press, 1972), p. 136.

52 Jacques Derrida, *Margins of Philosophy*, trans. Alan Bass (Chicago: University of Chicago Press, 1982), p. 212.

丁成，《像脈顫脈顫小驚喜》

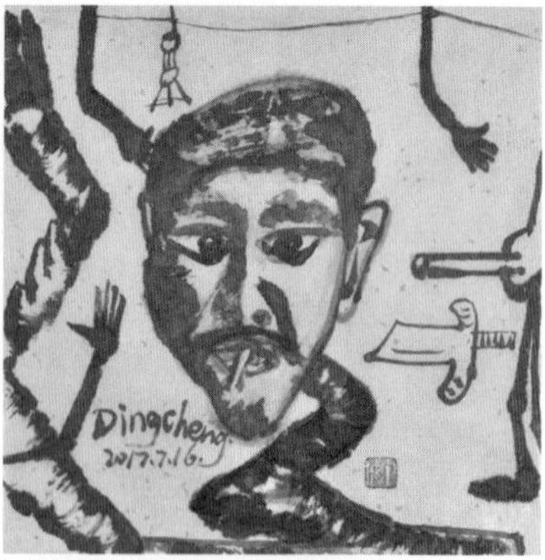

丁成，《退堂鼓一定要敲》

丁成，《用最尖銳的冷靜》

魯奧，《悲劇面容》

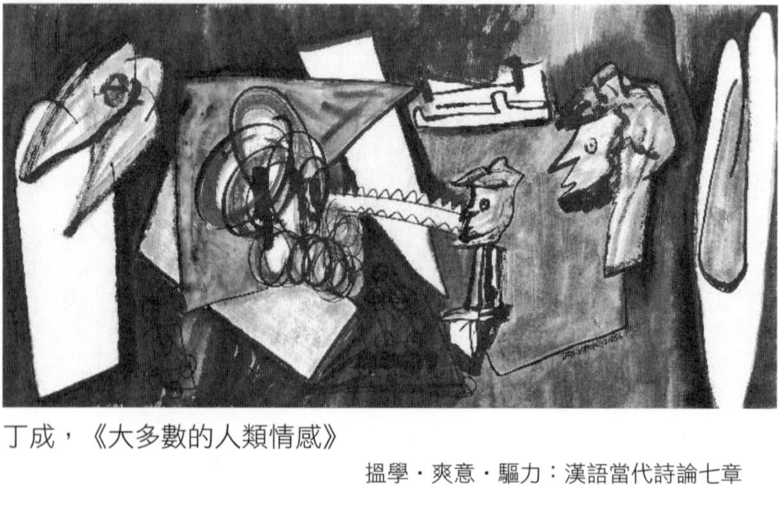

丁成，《大多數的人類情感》

他筆下怪異物種顯然必須放到後現代藝術的脈絡裡來理解。無論如何，波希式的形象仍然值得參照。在拉岡的論述裡，波希畫作中「外觀形態學意義上呈現的斷裂肢體或器官形態」[53]（特別是像在《塵世快樂的花園》、《最後的審判》這一類畫作中，魔怪形象與「斷裂肢體或器官」形象密不可分），顯示出想像域尚未完成的人類恐懼，是自我完整性關於內在崩潰的噩夢。在丁成的畫作裡，眼睛、頭顱或其他器官也常常是與身體分離的。但首先，丁成的視覺形象不是寫實的，因而很難聯想為來自整體的碎片。其次，丁成更加強調的是眼神或表情的魔性，那麼觀者的關注點則會集中在那種魔怪般的「凝視」上。

還有像《像脈顫脈顫小驚喜》、《退堂鼓一定要敲》，特別是《用最尖銳的冷靜》，則以對面部線條的粗獷勾勒切近了木刻的效果，在很大程度上令人想起法國表現主義畫家魯奧（Georges Rouault）的繪畫，因此也就具有了某種絕望與神聖之間的奇特效果。而《大多數的人類情感》則由於色彩大多基於黑白，加上零碎懸空的側面人頭和獸頭，在一定程度上有畢加索（Pablo Picasso）《格爾尼卡》的影子，有如八大山人式孤懸的眼珠和畢加索式孤懸的人獸頭顱耦合在一起。不過丁成畫中的鬼怪形象最容易聯想到的要算是巴斯奇亞（Jean-Michel

53 Jacques Lacan, *Écrits: The First Complete Edition in English* (New York: W.W. Norton and Company, 2006), p. 78.

波希，《最後的審判》（局部）

Basquiat）了：同樣怪異的面容（他的一些畫作就題為《魔鬼》或《鬼怪》），同樣肆意的塗鴉式筆觸。藝術哲學家考什克（Rajiv Kaushik）也借用拉岡對「歪像」（anamorphosis）的論述來理解巴斯奇亞的怪異面容。[54] 丁成的魔怪形象同樣來自「歪像」的創傷性真實深淵，將拉岡在第十一期研討班上闡述的「歪像」理論推向了新的境界。拉岡例舉的藝術史上的「歪像」作品，主要是小漢斯・霍爾拜因（Hans Holbein）《使節》一畫正下方的那具骷髏，由於繪圖時的變形，必須從左下方或右上方極為貼近畫面的角度來觀察才能辨認出其本來的面目。根據拉岡的解讀，骷髏的歪像正是一種小它物的凝視，從死亡的深淵所疏漏出來的形象，既恐怖又撩人，充滿了絕爽的複雜意味。透過歪像，我們可以探察到的便是真實域的異形鬼怪。丁成的《孤獨求量》中的主要部分也描繪了一具骨架，但上方的頭骨卻非同尋常：由於眼窩、鼻子和嘴部的孔洞全部連在了一起，並且缺失了所有的牙齒，這具骷髏幾乎給人以咧嘴笑的錯覺。這樣的孔洞的確暗示了真實域的致命深淵，透過骷髏的凝視（包括恐怖而神秘的微笑）令人不寒而慄。

如果說丁成的畫在較為抽象的向度上顯示出一種解構了符號秩序的「氤氳」氛圍，那麼，在他較為具象的向度上，「歪像」同樣以扭曲了符號化影像的方式，占據了整體視像的核心地

54 Rajiv Kaushik, "The Obscene and the Corpse: Reflections on the Art of Jean-Michel Basquiat," in *Janus Head*, Vol. 12, Issue 2(2012), p. 85.

位——《大家都學會了有限度地控制情緒》、《他們滿含愧意》等都是出色的例證。《他們滿含愧意》中出現了層層疊疊堆積起來的怪異眼睛，但貌似都是單隻的眼睛——這就失去了正常視覺器官的功能，成為一群孤零零的鬼魅形象。假如說詹明信（Fredric Jameson）將沃荷（Andy Warhol）《鑽石粉末鞋》裡的單隻鞋子看作是「一堆從奧斯維辛遺留下來的鞋」[55]，具有某種歷史創傷性的來源，那麼丁成的這些黑暗陰鬱的單隻眼睛更透露出真實域核心的創傷特性。

如果說「歪像」正是「小它物」的典型表徵，那麼像《大家都學會了有限度地控制情緒》中的女性形象也就消解了任何能指化的意義構造，成為一種迷惑，一道難題，透露出真實域的深淵。她撩人的體態構成了一種誘惑？她面目不清的五官是否更令人有一探究竟的欲望？丁成在她身體周圍加上了歪扭的螺旋式圖形——如果仔細觀察，這具身體本身也是眾多疊加的螺旋形線條構成——以此強化圖像的暈眩感。[56] 這個主題在很大程度上是古典妖精形象的再現。我們甚至可以看到從身體上流下的墨水痕跡更強烈地指明了肉體的虛幻或虛構特徵：那只是可以隨時消解的一具臨時的肉身，但充滿了「邪」蕩的氣息——以面部歪斜的表情和彎曲的體態為標誌。可以說，丁成畫中的「歪像」將真實的核心以乜斜錯亂的樣態鋪展出對符號化影像的瓦解，有力地呼應了他充滿了解構潛能的整體美學指向。那麼，「畫中有詩」和「詩中有畫」則必須理解為在丁成詩歌創作和繪畫創作中不斷互相穿插的魔怪小它物對神聖大他者（無論是語言符號或是形象符號）的有力顛覆，切入了創傷性的真實內核。

我們可以從丁成的詩歌與繪畫創作之間的關係，以及丁成的詩歌與繪畫創作與中國／西方（後）現代主義經典傳統之間的關係中，觀察到他所營造的鬼怪文字與鬼怪形象如何共同顛覆了神聖大他者符號秩序的宰制。丁成的詩畫作品對神聖符號的重新書寫標誌著當代詩與當代藝術的政治向度：揭示出神聖符號中無法整合的破碎或創傷性真實深淵，正是一種對虛擬秩序所掩蓋的災難現實的深刻認知。

55 Fredric Jameson, *Postmodernism, or, The Cultural Logic of Late Capitalism* (Durham: Duke University Press, 1991), p. 8.

56 當然，這樣的視覺效果在經典藝術裡也並非沒有出現過，只是不曾以此繪製人物的全身與周遭。比如達芬奇的《岩間聖母》中天使和嬰兒聖約翰的金色捲髮，還有《吉內薇拉・班琪》的捲髮，也被畫成了某種螺旋形，具有類似的魅惑效果。

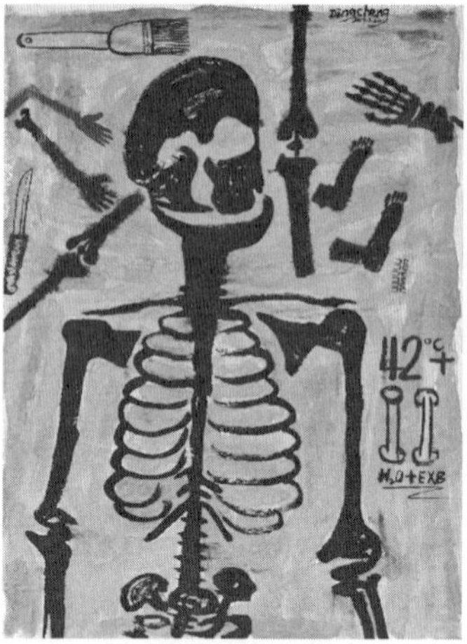

丁成，《孤獨求量》

丁成，《他們滿含愧意》

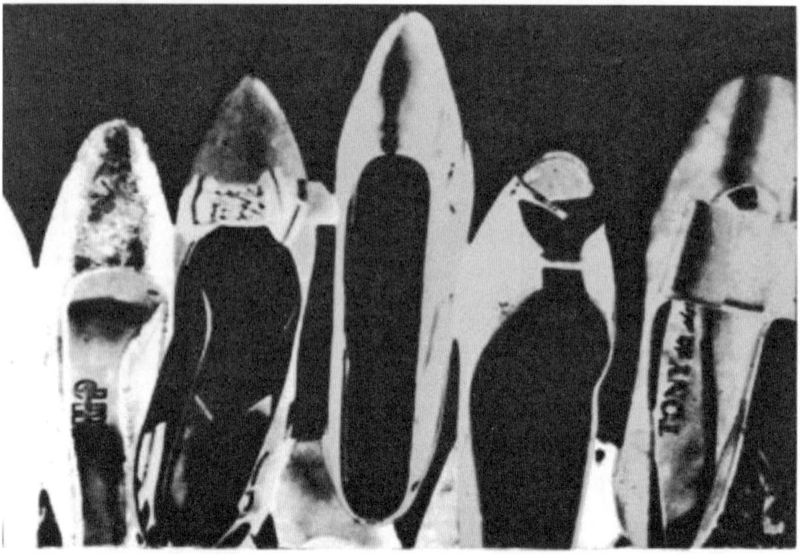

沃荷，《鑽石粉末鞋》

巴斯奇亞，《因為那個傷肺》

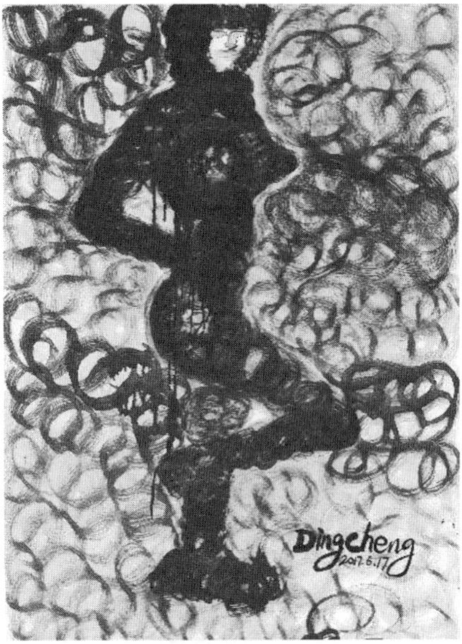

丁成，《大家都學會了有限度地控制情緒》

揾學・爽意・驅力：漢語當代詩論七章

2025年3月初版　　定價：新臺幣490元

著者	楊小濱
叢書主編	沙淑芬
副總編輯	蕭遠芬
校對	王中奇
內文排版	菩薩蠻
封面設計	沈佳德

出版者	聯經出版事業股份有限公司
地址	新北市汐止區大同路一段369號1樓
叢書主編電話	(02)86925588轉5310
台北聯經書房	台北市新生南路三段94號
電話	(02)23620308
郵政劃撥帳戶第	0100559-3號
郵撥電話	(02)23620308
印刷者	世和印製企業有限公司
總經銷	聯合發行股份有限公司
發行所	新北市新店區寶橋路235巷6弄6號2樓
電話	(02)29178022

編務總監	陳逸華
副總經理	王聰威
總經理	陳芝宇
社長	羅國俊
發行人	林載爵

行政院新聞局出版事業登記證局版臺業字第0130號

本書如有缺頁，破損，倒裝請寄回台北聯經書房更換。　ISBN 978-957-08-7620-8 (平裝)
聯經網址：www.linkingbooks.com.tw
電子信箱：linking@udngroup.com

國家圖書館出版品預行編目資料

搵學・爽意・驅力:漢語當代詩論七章/楊小濱著.
初版.新北市.聯經.2025年3月.264面.14.8×21公分
ISBN 978-957-08-7620-8(平裝)

1.CST:詩評 2.CST:漢語

850.951 114001703